纽伯瑞国际大奖小说

Gone Away Lake

消失的湖

[美]伊丽莎白·恩赖特/著　肖林振/译

团结出版社

图书在版编目(CIP)数据

消失的湖 / (美)伊丽莎白·恩赖特著；肖林振译
. -- 北京：团结出版社，2022.4
（纽伯瑞国际大奖小说）
ISBN 978-7-5126-9383-8

Ⅰ.①消… Ⅱ.①伊… ②肖… Ⅲ.①儿童小说—中篇小说—美国—现代 Ⅳ.①I712.84

中国版本图书馆CIP数据核字(2022)第077182号

出版：团结出版社
（北京市东城区东皇城根南街84号 邮编：100006）
电话：(010) 65228880　　65244790　　（传真）
网址：www.tjpress.com
Email：65244790@163.com
经销：全国新华书店
印刷：大厂回族自治县德诚印务有限公司

开本：145×210　1/32
印张：67.75
字数：1070千字
版次：2022年11月　第1版
印次：2022年11月　第1次印刷

书号：978-7-5126-9383-8
定价：198.00元（全九册）

出版说明

纽伯瑞儿童文学奖(The Newbery Medal for Best Children's Book),又称纽伯瑞奖,是以英国著名出版家约翰·纽伯瑞而命名。于1922年由美国图书馆学会(American Library Association)的分支——美国图书馆儿童服务学会(Association for Library Service to Children)创设建立,专用于表彰在美国儿童文学界有伟大贡献的作家们。至今已成为整个美国乃至全世界公认的儿童文学大奖。

纽伯瑞出生在英国的一户农家,他是自学成才的儿童文学作家和出版家。他打破当时保守的风气,崇尚"快乐至上"的儿童教育观念,开辟英美儿童文学之路,所以被后人称为——儿童文学之父,纽伯瑞的贡献对于儿童文学,可以说是个重要的里程碑。

纽伯瑞奖每年评选颁发一次,奖励前一年度出版的优秀英语儿童文学作品。此奖项设立金、银两个奖章,每年金奖设立一部、银奖设立一部或多部。设立至今,几百部优秀儿童文学作品已经荣获此奖项。

我们本次通过精心挑选、细致编辑,为大家整理了此套纽伯瑞国际大奖小说丛书,全套九册,多为历届获奖作品中的金银奖章作品。选取故事也多元丰富,或滑稽、玄妙,或温存、美好,或是展现不畏艰

消失的湖

难的生活态度，亦或是在民族历史背景下的奋进。本本都各具特色，引人入胜，下面让我们先睹为快吧！

《老烟草店的故事》（又名《弗雷迪历险记》）以小男孩弗雷迪的视角，叙述他进入烟草店后的种种奇遇，结识了许多奇奇怪怪的朋友：店主托比、阿曼达姨妈、平奇先生、两个怪老头、水手等……在弗雷迪偶然一次偷吸了中国烟草而召唤出水手米曾后，他和朋友们进行了一次跨时空的魔法冒险。而文末笔锋一转又恰似一场梦境，梦醒回到现实更增添的是对时间的感悟。

《银色大地的传说》由十九个独立成篇的南美洲印第安民间传说组成。作者结合自己独特而丰富的南美洲旅行经历，从幽暗的丛林到无边无际的草原，从万里无云到白雪纷纷，俯瞰耸立的怪石，探索神秘的海底……让我们尽情遨游古老而神秘的异国大陆。同时书中人类与巨人、怪兽、女巫等超自然力量的斗争，又让故事惊险而有趣，堪称世界儿童文学中的珍品。

《海神的故事》是一部由幽默风趣的美国人讲述的中国民间故事，充满传奇色彩的故事扣人心弦。筷子的诞生、风筝的来历，呈现出似真似假的传说；买儿子的温父、懒汉阿喜、正事反干的真俊，一个个鲜活的人物看似可笑，却又从不同层面传达了中国古代人民数千年的智慧和思想精髓。

《扬子江上游的小傅》是一个充满着冒险和奇遇的励志故事。真实地再现了在军阀割据的年代，一个初到大城市重庆的农村少年小傅，被大名鼎鼎的铜匠唐老板收留为徒、视为义子，与同命相连的小李结下了深厚友谊，跟随年老傲骨的王秀才读书认字……小傅面对生活艰辛、城里人的歧视、时局动荡等等一系列问题，用淳朴的灵魂不断挣扎、成长，最终站稳脚跟。

《银顶针的夏天》故事发生在富有人情味的田园乡村，十岁的小女孩加内特在酷热的夏天，从干涸的河床上拾到了一枚银顶针，仿佛银顶针带来了魔法，使她的生活发生了一系列奇妙的变化：久旱的农场迎来酣畅的大雨，流浪汉埃里克成为她家里的一员，小猪提米荣获展会蓝丝带……这么多幸运的事情都在拾到银顶针后的夏天到来了。我们体会了纯真的乡间生活的同时，也感悟到人情的美好。

《消失的湖》讲述一对表兄妹朱力亚和波西娅暑假探险途中，无意间发现了大沼泽边矗立的一片颓废"鬼城"社区，开启一段神奇的冒险之旅。他们结识了乐观开朗的明尼婆婆和品达爷爷，得知了沼泽曾是美丽的湖泊，"鬼城"曾是考究的社区的秘密，这个奇妙的假期，他们用善良、勤劳、乐观的态度，创造了自己的"世外桃源"。

《风之丘》讲述了小伙子奥利弗因假期从舅舅家赌气出走途中，在风之丘结识了养蜂人，这个优美的地方和有魅力的人深深吸引他多次前往。从养蜂人讲的故事中揭开了整个家族的秘密，最终奥利弗用自己的智慧帮助舅舅解决了风之丘的问题。同时他自己的内心也得到了反思和洗涤。

《城堡镇的蓝猫》这是一个充满想象和寓意的故事，主人公是一只在蓝色月光下出生的蓝色小猫，它有着丰富的内心世界，因为特殊的毛色而有了特殊的使命——把《河流之歌》传达给城堡镇的居民，这首歌饱含人类友爱、善良、美丽、和平和知足常乐等最基本的价值观。在它到达城堡镇时，发现那里的人们心中充满着仇恨、不满、欺骗、互不信任。蓝猫历尽艰险，用积极坚强的品德最终完成了使命。故事有趣，情节悬妙，蕴藏哲理，也揭示了人们在面对真理、谎言、诚实及贪婪时的挣扎。

《自由战士》是一位少年跌宕起伏的成长史，也是美国历史的片段缩影，曾经恃才傲物、天资聪颖的银匠小学徒约翰，因意外事故断送了银匠生涯，从此命运改写，跟随爱国人士投身美国独立革命的洪流之中。"人，应该活得顶天立地……"他带着新的梦想为美国的历史增添了浓墨的一笔。

我们本次重新对"纽伯瑞国际大奖小说丛书"的整理出版，本着尊重原典的精神，所选篇目既符合青少年的年龄特点又触及心灵深处，读中有趣、读后有感，连成人也会跟随每部作品追忆那逝水般的美好年华。全书译文细腻传神，适合青少年与家长围炉共读。由于编者水平所限，在编辑过程中，书中疏漏之处在所难免，请广大读者不吝赐教！

目 录

一个失落的世界……………………………… 1
第一章 启 程 ………………………………… 3
第二章 石头和沼泽 ………………………… 17
第三章 消失的社区 ………………………… 29
第四章 "我的哥哥品达" …………………… 43
第五章 第二次拜访 ………………………… 55
第六章 小刀和钮扣钩 ……………………… 72
第七章 贝雷米尔 …………………………… 88
第八章 俱乐部 ……………………………… 98
第九章 戈帕尔 ……………………………… 121
第十章 秘密公之于众 ……………………… 136
第十一章 俱乐部会员 ……………………… 154
第十二章 夏 猫 …………………………… 165

消失的湖

第十三章　消逝的岁月 …………………… 181
第十四章　卡普利斯别墅 …………………… 195
第十五章　再次拜访卡普利斯别墅 ………… 214

一个失落的世界

他们俩爬上一艘小船的残骸，抬头远眺，在面前一片茫茫的芦苇海洋尽头，是一大片郁郁葱葱的森林。

但这只是部分景观。

波西娅和朱力亚几乎同时发出一声惊叹，因为在沼泽地的东北部，在那芦苇和树林之间，离他们很近的地方，还有一排残破的老房子，十二幢左右，很大但是很破。它们以前肯定非常考究，门廊、角楼、屋顶便道和花边木饰一应俱全。但现在门廊已经塌陷，角楼已经歪斜，百叶窗已经扭曲或是压根就没有了，大量花边木饰也都已经破败。有一棵树从一扇窗口伸出来，它并不是朝窗户里面探进去，而是从屋内探出来的。周围一片死寂。

朱力亚小声说,"波什,这些房子没人住了。它们全都被遗弃了,这是一座鬼城啊。"

波什拉住自己的衣袖小声回应,"啊,我们还是快走吧,快点离开这里!我一点也不喜欢这里。"

朱力亚轻声说,"嘘,再等等。"

就在那一刻,他们右手边最后一间屋子那里传来一阵奇怪的响声,然后传来人说话的声音。

第一章 启 程

那个夏天,波西娅·布莱克和弟弟福斯特启程去克雷斯顿的那个夏天,不同于以往任何一个夏天。之所以特别,是因为那是他们第一次独自出门旅行。福斯特才六岁半,而波西娅的年龄呢,用他的话来说就是"快十一岁了"。

看着父母亲满脸疑虑的样子,她就劝说道,"我们已经够大啦。我的天啊,还能有什么意外吗?两个人可以互相照顾,而且带上福斯特根本就不会有问题。他会乖乖坐着,要不就是看看窗外。他绝不会像某些男孩那样在过道里大吵大闹,也不会猛地甩上门。他很懂事,而且在火车上很安全。"

福斯特看上去很高兴、很得意。他恳求说:"就让我们去吧,好吗?爸爸妈妈,好吗?"

于是他们上了火车,并排坐在蓝色座位上,就像三十岁的大人那样独立和快乐。他们的爸妈看着他们离开,当然会嘱托列车员照看他们,但这一切似乎都是很久以前的事了。城市早已远在身后,眼前是郊野,真正的荒郊野外,从车窗外面掠过。现在是六月,成熟的六月,田野上到处是玫瑰和黄色的花朵。树木枝繁叶茂,野草就像衣服那样柔软,因为它们看上去非常鲜嫩。

他们坐火车去克雷斯顿的日子是在六月份,他们每个暑假都会和叔叔杰克·加曼、姑姑希达和堂哥朱力亚在乡间生活一段时间。他们以前一直和妈妈一块去,而爸爸会晚一点过来,然后在乡下生活一个月。但今年爸爸和妈妈正好在欧洲,要八月才回来。

波西娅向刚认识的同学朱迪·哈里森说:"朱力亚是独生子,真是太可怜了。不过等我们过去后,我想他就不会孤单一人了。冬天他要上学,他在学校里很有能耐,所以也不会孤单。他现在十二岁了。"

朱迪问,"他是什么样子的一个人呀?"

波西娅说,"从他的名字完全看不出他的为人,我的意思是说'朱力亚'这个名字给人的感觉就像一个黑头发的可爱男孩,至少我是这样觉得的。"

第一章 启 程

朱迪说,"不过我觉得这名字听起来像是一个住在游艇上的人,那种肥胖的老头模样。"

"不过朱力亚长了红色直发,其实不是很红,而是有点橘黄色,他剪了一个很难看的平头。他脸上全是雀斑,大大小小的,数都数不过来,颜色还和他头发一样。他说是因为萝卜吃多了的缘故。他说他小时候能吃到的蔬菜就只有萝卜,一日三餐除了早餐外他都会吃萝卜。于是他就变成了橘黄色的了。当然,那是他自己的说法,而杰克叔叔总是说,'幸好吃的是萝卜,而不是菠菜。'"

朱迪笑着说,"这很搞笑啊。"

波西娅继续说,"你见到朱力亚后,绝不会想到他其实很擅长体育,衣服袖口对于他而言总是显得很短,一直够不到他手腕那里,他那件蓝色牛仔裤的裤脚远远在脚踝上方。他还穿着难看的鞋子,一走路就会发出噪声,走起来就像企鹅那类动物。但抛开这些不谈,他参加了学校篮球队和足球队,还会滑雪、花样滑冰和五种花哨的跳水动作。他的门牙大得吓人,就像水獭那样,看上去好像能一口啃断一棵树。他带了眼镜,人特别特别好。"

朱迪说,"我猜他不适合当电影演员吧。"

波西娅和福斯特现在在火车上,一言不发,因为他们用不着讲话。他们都太高兴了。波西娅在想念朱力亚,非常

消失的湖

期待再次见到他。有一件和他有关的事情令波西娅非常难忘,那也是她经常想到(和说到)的,就是朱力亚虽然是家庭里的一分子和一个大男孩,但是他一点也不专横,没有当哥哥的那种傲慢。她认识的一些朋友的哥哥们都非常坏。福斯特当然也不能算进来,因为他才六岁半,而且他大部分时候都很乖。但朱力亚是她最喜欢的小伙伴。用波西娅的话来说,他"对自然十分痴迷",他知道所有鸟儿的名字,知道不同的鸟叫声,甚至毛虫和苔藓也有了解。他非常友善,从不居高临下,很乐于分享知识。波西娅在想他今年收集了哪些标本。有一年他在收集蛇类标本,有一年收集蝴蝶标本。他曾在缸里养了三只小龙虾,他还一直养乌龟。波西娅从座位上跳了起来说,"我想现在就到那里。"虽然她的声音有些刺耳,但没有打扰到福斯特,他正在思索外太空,他平时老在想这方面的事情。他家里有四个不同的宇航员头盔,当他一个人玩耍的时候,他会倒计时,"五、四、三、二、一、零。发射!"然后他就会拿着玩具宇宙飞船,在屋内乱跑,并用嘴模拟吸尘机的声音,因为他觉得宇宙飞船的声音就是这样的。

福斯特安静地说:"木星。"

波西娅说,"什么?"

福斯特说,"木星,最大的一个。我刚好想到它。"

第一章 启程

"最大的一个什么?"

福斯特说,"行星。"

波西娅说,"说实话,朱力亚知道世界上每样东西的名字,而你知道外太空的每样东西的名字。而我呢,唉,好像什么也不知道。"

幸运的是,一位身穿白衣的服务员打断了这个丧气的想法。这位服务员就像是在单人游行,一边敲打锣鼓,一边大摇大摆地穿过车厢,宣告午餐时间到了。波西娅和福斯特只要在火车上一看到食物端上来就会感到饥饿,就会立刻起身离座,走向餐车,他们得到了窗边的一张两人小桌。刀叉静静地摆放在白色桌布上,冰块在玻璃杯里冒泡。福斯特在胸前系上一块手帕。

他低沉地说,"我很喜欢这种感觉,感觉很有皇室气派。你感觉怎么样?"

"我也觉得非常棒。"波西娅发现弟弟很讨人喜欢,也还因为这是他俩第一次独自坐火车出来,所以她就让弟弟想随便点餐,最后他要了馅饼。他先拿了一个苹果派,后来拿了一个蓝莓派,馅饼上外加一个冰淇淋。朱力亚总是说福斯特就有两大爱好,一是外太空,二是馅饼。

服务员是一个非常友善的男人。他对福斯特说,"孩子,如果你再不控制一下饮食的话,那么恐怕你就要搬到馅饼店里去住啦。"姐弟俩当然知道他是在开玩笑。

波西娅每逢坐火车总会吃同样的东西,那就是张大嘴巴也无法一口吃进去的三明治,以及火车上的冰淇淋,她在吃冰淇淋之前必先用勺子敲碎。

福斯特终于吃饱了馅饼,向后靠在椅子上,满足地叹一口气。波西娅有点惊喜地发觉他真是一个很可爱的小男孩呀。他面容平静,一双蓝色的眼睛看上去很认真的样子。他的棕色头发很顺滑,理完发后,正如现在,就可以看到他额前翘起的两绺头发,很像两个完美的旋涡。他喜欢的穿搭是点缀着珠子钉头的牛仔裤和白色的T恤。他佩戴了警长勋章和年轻宇航员勋章,他的皮带点缀了五彩石子。朱力亚说当你在强光中看福斯特时,一定要戴上墨镜。但今天,因为他们在旅行,他就穿了一件灰色法兰绒套装。

波西娅基本不考虑自己的外貌,因为她是黄皮肤,有黄色雀斑、黄色的直发和黄色的刘海。她甚至还觉得连自己的眼睛都是黄色的。她身上最引人瞩目的一点,就是微笑时会露出牙箍。她是一个苗条的女孩子,个子不高,但不要紧,因为她认为自己是勇敢无畏的。不管怎样,我长大后肯定会变得很漂亮,我希望会这样。

吃过午餐后,他们回到自己的座位上。这辆火车的名字叫作"本杰明·X·郝丽"。

第一章 启 程

波西娅说,"真不知道这个人会是谁。"

福斯特猜测说,"也许他就是那个发明火车的人。"

波西娅说,"也许她是发明三明治的那个人。"出于某些原因,这个说法让他俩都觉得自己很机智。他们打了喷嚏,然后在座位旁边的过道上哈哈大笑,这引来一群黑人大人的注目。

福斯特问,"离克雷斯顿还有多远呀?"打从家里出来后,每隔五到十分钟,他就会这样问。

波西娅说,"再过一个小时就到了。"

他们安静地坐着。奶牛、城镇和田野从车窗外一掠而过。过了一会儿,福斯特感到有点困了。姐姐看到他的眼睑耷拉起来,看到他不时打哈欠,就知道他困了。哈欠会感染人,不一会儿她强忍住不要打哈欠。

当火车终于到达克雷斯顿前的最后一个车站时,他们把行李搬到门边,他们已经睡醒了。一股郊野的气息扑进火车里,他们一直适应不了这股味道。福斯特开始兴奋地蹦蹦跳跳,波西娅只好按住他不让动。

列车员宣布,"克雷斯顿到了,克雷斯顿到了。"他的模样像一位父亲,讲话嗓门大得惊人。

波西娅大喊,"快看,他们在那里,他们就在那里!是他们——朱力亚和杰克叔叔!"

他们还没看到朱力亚和杰克叔叔转过脸来，就丢失了他们的视野。火车向前缓缓前进了一段距离，然后停下来。波西娅和福斯特拖着行李，走下铁梯子。

　　"嗨！"杰克叔叔大喊，连带行李箱一块把福斯特抛向空中。

　　朱力亚对波西娅说的第一句话是，"你想说什么？"

　　她侧过嘴，让他看得更清楚点，然后说，"牙箍。"

　　朱力亚说，"天哪，你笑起来的时候，样子就像别克车的车头。"

　　波西娅想，如果她的哥哥也这样跟她说话的话，她一定会生气。但是朱力亚并没有像一般的哥哥那样说这句话，他讲得比较得体，所以她也就接收了这个意见。她微笑的时候，样子确实像别克车的车头。

　　他接下去说，"嗨，你猜怎么着，凯蒂生小狗了。"

　　波西娅大喊，"不是吧！有多漂亮？有多少只狗崽？"

　　"五只，脸上全都有乌黑的斑纹。"

　　福斯特问，"可以送我一只吗？"

　　杰克叔叔说，"如果你爸妈同意的话，你们俩可以各自选一只。"他是一个很讨人喜欢的叔叔，福斯特朝空中欢呼起来。

　　凯蒂是贾曼家的拳师犬。波西娅认为在她见过的所有的动物中,它是最像人类的。它的脸看上去就像一个黑人的脸长在一只狗身上那样。波西娅小时候很喜欢把凯蒂看成一个人,一位公主,一个来自非洲的小女孩,或某个人。她几乎信了这个想法,因为在这年头她几乎就信了魔法。

她再次说,"太棒了!"

杰克叔叔说,"我们有四条雄狗和一条雌狗。小狗崽刚开始蹒跚爬行和嗷嗷叫。波西娅,我们还在等你们来给它们取名字呢。"

杰克叔叔身材高大,留着胡须。他很喜欢小孩子,小孩也都喜欢他。他拿起波西娅手上的行李箱,然后放进后备箱,波西娅打从记事起就知道这辆很有年头的车子。

坐上车后,福斯特说,"这辆车闻起来有一种兴奋的味道。"波西娅很清楚福斯特在说什么。

他们开车驶过克雷斯顿,然后经过阿提卡村,一路开过去。这几年来,贾曼一家一直住在一所新买的大房子里。在此之前他们一直在阿提卡村租房住,杰克叔叔就在那里出版当地报纸《阿提卡鹰报》。不过这所新房子,正如希达姑姑写的那样,是真的在荒野深处。

朱力亚解释说,"这所房子并不是非常新。它是在五六十年前造的,但很干净。房子后面有树林。还有一条溪流,可以去游泳,甚至喝溪水都没有什么问题。"

对于黑人小孩来说，六月份的乡间十分漂亮。柔软的青草在风中摇摆，孩子们在草原上自由奔跑。篱笆上开满各种各样的玫瑰花。然后突然间草原就中断了，也没有篱笆了，只有树林，然后他们驶进一条车道，往里开了进去。贾曼家的名字印在邮箱上面。

马路两旁都是树木。一只鸟在林间穿梭，像聚光灯那样闪耀。

"那是猩红比蓝雀。"朱力亚恰当地说，就好像他要专门负责介绍那样。

福斯特说，"我们快到了吗？"他的嘴巴有点变白，波西娅知道他吃了太多馅饼，加上车途颠簸，所以他肯定胃里不好受了。

杰克叔叔说，"下一个转弯就到了。"

"你会没事的。"波西娅对福斯特说。不过她希望他真的没事。然后他们就转弯了，幸运的是，树林变得开阔起来。贾曼家的新屋就在那里。房子看起来很不错，很大但也不是过分大，天窗、隔间等房间里的窗户各式各样。墙壁上的常春藤长得很茂盛，周围有很多书，草坪上也开满了花。草坪上建了槌球球场，有一棵树下还装了秋千。

"秋千是我们特意给福斯特装上去的。"朱力亚说。他的语气听起来有一种得意，就好像在庆幸自己已经过了玩

第一章 启程

秋千的年纪。

凯蒂等候在前门台阶上。当他们靠近时,它就像往常那样叫起来,似乎在说"你好"。它的声音浑厚响亮,是一种很独特的狗吠声,就好像从城堡的地下室传来。波西娅和福斯特打开车门跳下去,凯蒂跳向他们,亲吻他们的脸,在他们身上上上下下嗅闻,然后说了一番狗语,每逢开心的时候它总会这样。它是一只很讨人喜爱的狗狗。

希达姑姑穿了一件裙子迎了上来。

她大喊着从楼梯上跑下来拥抱孩子们,"啊,亲爱的,欢迎你们再次光临。"她是一个非常热情的姑姑。

朱力亚说,"妈妈,快看波什嘴里的牙箍。波什,你张一下嘴。"

希达姑姑说,"噢,这看上去价值不菲,很有意义的。以后你微笑起来会更好看啦。"

在这个世界上,希达姑姑是波西娅第三喜欢的女人。她最爱的自然是她的母亲,然后是她的英语老师亨佩尔小姐,然后再是希达姑姑。不过希达姑姑和她的关系也不比她和亨佩尔小姐的差很多,几乎是一样亲密。

希达姑姑说,"在向你们介绍房子之前,一定要给你介绍一下凯蒂的孩子。"然后她就领着他们走进房子,走下楼梯,进入一个又大又干净的地下室。小狗狗们就在一只旧的婴儿床里面。

它们的小脸又黑又扁平,耳朵就像珍贵的丝绸,爪子就像毛衣针的尖头。波西娅要从中先挑选出一只来,它小巧的胃很圆,脚掌有褶皱,它轻轻地咬了一下她的手指头,然后像模像样地号叫了一声。

杰克叔叔说,"想好名字了吗?有什么好想法吗?"

波西娅认真地说,"我要观察它们一段时间,了解它们的性格。"她觉得自己很擅长给别人取名字。

凯蒂从栏杆上跳越过去,跟他们一起下去,然后用鼻子清点狗崽,确保一只也不少。然后它在一旁坐下来,小狗崽一排坐在它身边。

波西娅上楼后,一出前门就看见了朱力亚养的猫西索。(这是她给取的名字。)它坐在楼梯端柱上面,看上去有点生气。

杰克叔叔说,"它是嫉妒小狗崽,因为现在都没有人关心它了。"

"那就让我来好好关爱你一下吧。"波西娅认真地说,然后把这只大懒猫从端柱上抱起来。它摸起来就像旧毛衣那样柔软顺滑,它的手掌向下低垂看着就像空袜子。猫咪张开嘴巴在波西娅面前打哈欠,她就把它抱紧在自己的下巴下方,不一会儿它就竖起了毛发。

朱力亚说,"好了,大家看在彼得的面子上,快来看看房子吧。"波西娅轻轻地放下西索。它先是竖起了一只耳朵,然后是另外一只,随后就走开了,仿佛它脚下的地板很潮湿那样。屋里的每个房间都很敞亮舒适。客厅里的每件家具都让波西娅觉得很熟悉,漂亮的旧沙发、旧椅子和钢琴。这架钢琴琴弦下面还藏着止咳药片,估计都已经变成灰了,而她是唯一知道这件事的人。(她四岁的时候,有一次站在钢琴上面玩耍,假装划木筏,结果止咳药片就从她嘴里掉了进去。)

他们家有包玻璃的门廊和普通门廊,还有一个很大的厨房,散发出桂皮香料的味道。厨房带有两个炉子,一个是燃气炉子,一个是煤炭炉子。

走上楼梯看房间时,波西娅非常夸张地尖叫说,"希达姑姑,我一直都想要这样的一张床。"

福斯特说,"这张床有个屋顶呀,很像大篷车。可是装这样一个屋顶有什么用处呢?"

波西娅理直气壮地说,"因为这样好看,很像一个帐篷。"

朱力亚说,"看看窗外右边是什么。"她探出头看到枝头有一个鸟巢,还有一只灰色的小鸟坐在里面,脖子上有粉色的明亮斑点。她伸手就可以摸到它。

朱力亚说,"这是鸽子,坐着的那只是雄鸟。它们做的鸟巢是最差劲的，很业余，完全像一个小孩做的。"

他说得没错。鸽子的鸟巢就是用许多根小枝条搭在一起，做成一个平台的样子。（那个月，每当有风暴或者大风刮起来的时候，波西娅总为鸟巢和住在里面的小鸟感到担心，这就像妈妈担心福斯特那样。）

看过所有卧室后，福斯特要了一张双层床，他一直想要这样的一张床，此外他还喜欢阁楼。朱力亚还带他们到户面，看了看阁楼。朱力亚说附近有一棵空心树，还有一条溪流，可以踩着里面的石子过河，或者直接踩着它们跳过去。还有一棵树干歪斜的桦树，可以在上面荡秋千。他还说附近有黄鹂鸟巢，有黄鹂住在里面，还有一个螳螂巢穴，有螳螂住在里面。不过他们并没有在巢穴里看到黄鹂和螳螂。

过了一会儿，他们走进地下室和小狗崽一起玩耍，一直玩到晚饭时间。晚饭后他们就在玩槌球，一直玩到天黑，蝙蝠在夜色中飞舞，星星出来后才停歇。

波西娅上床后闻到了一股郊野的气息，她听到猫头鹰的声音从远处传来。一只北美夜鹰在附近的一棵树上不停地呱呱叫。她睡在帐篷床上，感觉很平静和满足。

当然了，她完全没有想到第二天会玩得那么兴高采烈。

第二章　石头和沼泽

　　第二天醒来，波西娅看见窗外太阳升了起来。一只大苍蝇嗡嗡嗡叫，上下乱飞，她闻到了培根和咖啡的香味。能在这里她感到很幸运，夏天才刚刚开始，躺在床上听听苍蝇飞过的声音，别提多开心了。

　　然后，她突然从床上跳了起来，穿上最喜欢的夏天服装，一件旧乡村牛仔裤，一件T恤和一双帆布鞋。波西娅唱到，"不用穿袜子啦，太棒了。也不用穿裙子！"她打开锁推开窗。那只大苍蝇嗡嗡嗡飞向了晨曦中。鸟巢里的鸽子妈妈看起来很柔软，就像一对折叠起来的手套。

　　波西娅下楼梯后，看到西索坐在纱门外边等待。（在乡村，动物或人关心的无非就是进来或者出去。）波西娅把猫放了进来，扯下它胡须上的蜘蛛网。它一整晚都在外面，所以浑身散发着森林的气息。

贾曼一家人习惯在厨房里吃饭，希达姑姑做的早餐非常好吃。她很会做华夫饼、蓝莓松饼和香肠蛋糕。今天早点是华夫饼，在很长一段时间里他们都没有说一句话，除了"请递给我一些黄油，再给我一点糖浆，谢谢。"

就在他们吃完早餐后，传来一阵敲门声。他们看到一个和福斯特差不多年纪的小男孩。他的样子看起来就和福斯特一样。他戴了一顶牛仔帽，皮带上插了四支手枪，手中握了一把塑料激光枪。他说，"我听说这里有一个人喜欢玩太空游戏。"

福斯特从他椅子上站起来，"你说的那个人就是我。"

希达姑姑说，"早上好呀，戴维。他是住在隔壁农场的戴维·盖森。他们是朱力亚的表亲，福斯特和波西娅·布莱克。你想吃点华夫饼吗？"

"不用了，我已经吃过早饭了。"戴维说。波西娅心想男孩要会说谢谢你要花更长时间吧，女孩子很早就会了。

福斯特此时已经站在门外了。

"我知道附近有一棵干净的空心树，可以用来做成火箭发射台。"他告诉戴维。

第二章 石头和沼泽

"太棒了!可以去发射火箭了,兄弟!"戴维大喊着,然后起身出发。

"我宁愿让自己飞起来。"杰克叔叔早上就说了这句话。他早晨总是很安静。他给希达姑姑一个吻别,然后挥手向波西娅道别。

希达姑姑在擦盘子的时候,朱力亚整理好卧室也走了下来。波西娅知道那意味着什么。这意味着朱力亚铺好了床单,然后把地板上的衣服都丢进衣柜里。(当然了,要是被希达姑姑发现了,那就是另一回事了。)而且他的房间一直都很乱,因为他的"收藏品"很多。房间里到处是毛毛虫罐子,架子上放满了鸟巢、枝条上的茧,而在壁炉台上有一块矿石。蝴蝶和飞蛾标本相框挂在墙壁上,床上放了五张钉起来的蛇皮,看起来精致漂亮。几只乌龟舒舒服服地待在垃圾箱旁边的缸里。

"你想和我一起去采集标本吗,波什?"朱力亚说。

"波西娅这个名字很不好,"她说,"除了波什之外就没有其他昵称了。所以我很在意听别人怎么叫我。波什,好吧,我当然想去,我们要去采集什么?"

"找着什么就采集什么呗,"他轻快地说,"我会带上鸟类手册、望远镜和捕蝴蝶的网,你带上罐子。"

"谢谢。"波西娅说。

消失的湖

　　希达姑姑给他们做了午饭便当,放在朱力亚的鱼篓里。朱力亚把鱼篓背在背上,望远镜和相机挂在胸前,所以他一走起路来就会发出叮叮当当的声音。"看起来就像一只套上了马具的马。"波西娅说道。

　　"我们要去哪里?"出门后她问道。

　　"我还不知道,先从后花园的树林开始漫步,我还没有走遍这片林子。"

　　他们走上斜坡进了林子,继续往前走。今天天气很好。树叶在风中沙沙作响。林子里的每样东西,树叶、树枝、鸟儿全都在晃动。阳光斑驳,照射在地面上,太阳光缓缓移动。朱力亚带着波西娅去看一棵有蜂巢的树,还看见了一只唐纳雀、蓝鸫和狐狸。狐狸是他们这次最重大的发现。

　　只要不在家吃饭,波西娅很容易就会感到饿,就像她坐火车时那样。幸运的是,朱力亚也是如此。他们无意间来到了一片圆形的林间空地上面,中央有一块大石头,上面长满了苔藓和蕨类植物。

　　"我们就在这块石头上吃午餐吧。"波西娅说,"不过它是怎么出现在这个地方的呢?说不定这是块陨石。"

　　"不可能的,"朱力亚说,"这里不会有陨石,只有普通石头。我从五岁起就在寻找陨石,我总在想它们落到什么地方去了。"

第二章 石头和沼泽

他们爬到石头上。石头表面很热,阳光很充裕。他们惊扰了一大群蚂蚁,所幸这些蚂蚁不会咬人。他们很快就发现这群蚂蚁很喜欢吃三明治。

"这些蚂蚁一点也不碍事,"朱力亚吃了满满一口食物说道,"我估计吃过成千上万只蚂蚁。"

"我现在脑子里想的都是它们。"波西娅说。

"这是多么恐怖的死法啊。"她把三明治里能找到的蚂蚁都揪了出来,给它们放生。

茂密的树林闪烁发亮,抖动的树枝在他们周围形成一道墙壁。被阳光炙烤的石头散发出苔藓烤焦的气味。保温瓶里有冰镇的姜味汽水("装的竟然不是牛奶。"波西娅说),姑姑给他们做了纸杯蛋糕当点心,上面有橘色的糖霜。

"嘿,这块石头上有石榴石。"朱力亚突然说道。波西娅尖叫着过去看。果真如此,石头缝隙里点缀着葡萄果冻色的小石子。朱力亚拿出小刀,并把装配在小刀上的指甲锉分给了波西娅(他几乎不用这个指甲锉),然后他们就开始抠里面的石子。

"我们可以把它们带回家给妈妈,"朱力亚说,"她可以拿它们做成项链之类的东西。"

他们花了好久才抠下来几粒,火辣辣的太阳晒在他们后背上。很快就到中午了。

"天哪,"朱力亚惊呼,"波什,快来看,天哪!"

"现在又怎么啦?"波西娅说,"你是我见过的最容易激动的男孩。"

他拿刀指了指。"快看!有人在石头上刻了字。把苔藓刮掉后我才发现。"

在石头表面深深刻了几行字,波西娅念道:

LAPIS PHILOSOPHORUM

TARQUIN ET PINDAR

15 JULY 1891

(贤者之石

塔克和品达

1891年7月15日)

"那可是1891年啊。"波西娅说,"那是很久以前了呀。但它的含义又是什么呢?"

"我读高一时才学会几句拉丁文。"朱力亚说,"这段是拉丁文,我在地理课上看到过。'LAPIS'的意思是石头。'PHILOSOPHORUM'的意思和哲学家有关。那它一定就是贤者之石的意思。不过我完全不知道'TARQUIN ET PINDAR'是什么意思。"

"贤者之石又是什么东西呢?"波西娅问,"哲学家又是什么意思呢?"

第二章 石头和沼泽

"哲学家就是指知识渊博,对很多东西都很有研究,十分智慧、冷静的那类人。贤者之石就是指一块能够点石成金的魔法石,甚至能把锡和铅变成黄金。当然了这根本就是虚构出来的。"

"你是怎么知道的?你怎么知道这不是贤者之石?"波西娅十分兴奋地说,"让我们拿一样东西来试一试吧。"

"你用脑子想想啊,"朱力亚轻蔑又有点恼火地说,"如果这真的是贤者之石的话,那么我们手里拿的刀子早就变成金子了。不是吗,但它们还是铁块。"

他说得当然没错。波西娅感到很尴尬。

"不过这样东西还是挺有趣的。"他说,"我真希望可以知道是谁刻了这些字。老天啊,我愿意交换任何一样东西换取这个答案。"

"还有他们为什么刻这些字呢?"波西娅表示赞同,"你觉得'ET'的意思会不会和法语中的'和'意思一样呢?'TARQUIN'和'PINDAR'会不会是人名呢?"

"有可能是,但听起来像很蠢的名字。如果写了比尔和乔治,你就会有这种感觉。"

他们在炙热无风的天气下琢磨这个谜团。最后感到实在太热了,就从石头上爬了下来,重新启程出发。他们一路上沿着杂草丛生的山脊前行,最后终于走上一条弯弯曲曲的小路。他们看到一棵死树，里面的蘑菇都长到阳台和台阶上。朱力亚切下最大的一片用来收藏。不一会儿他抓到一只裳夜蛾，上面两只翅膀不漂亮，但下面两只翅膀很惊艳，看上去就像两瓣天竺葵花。他把蛾子放进杀虫罐里去的时候，波西娅一点都不忍心看。她不希望蛾子死去，但它在几秒钟内就死了，所以她也就没有想太多。

山脚下树林依旧很茂密，他们继续向前进发。

"啊呀，我迷路了！"朱力亚说，"你也迷路了。我完全不知道我们现在在哪里。"然而他说话的语气倒是都很兴奋。波西娅也完全不担心，因为现在是夏季，而且是白天，而且她还和朱力亚在一块。

它们在树林里发现了一条蜿蜒曲折的小溪流，于是决定蹚水前行。溪水有点冰凉。"水温只比冰点高了一度。"朱力亚说。他们的脚在水里看起来是绿色的，但把脚抬起来后是龙虾的那种红色。在溪流底部有很多由树枝和云母碎片做成的石蚕巢。朱力亚捡了一些放进保温瓶里，并盛了一些溪水。

"今天收获很多啊，"朱力亚说，"我们抓到了裳夜蛾和石蚕，还有三片蘑菇以及一些石榴石。但最让人难忘的还是那块贤者之石。"

"还有那只偶遇的狐狸。"波西娅说。

第二章 石头和沼泽

过了一会儿,他们穿上运动鞋继续前行,脚步很轻盈。"我感到脚上都是闪闪发光的亮片。"波西娅说。

他们沿着蜿蜒的溪流走了很久。"我竟然迷路了!"朱力亚有点开心地说。但波西娅说,"快看,我们走出来了!前方有阳光。"

的确是这样的。树林渐渐变得稀少,过了几分钟他们就走到了一片开阔地带,在他们前面是一大片高高的青草地。事实上那不是青草,而是芦苇,但个子比他俩都要高。随着他们在芦苇丛中深入前行,他们脚下出现了淌水声,原来溪水又流到了芦苇丛,掩映在茎干间厚厚的苔藓下面。

"这是一片沼泽!"朱力亚大喊,"没有人跟我讲过这里还有一片大沼泽地。不,等等,快看!"

"看什么?"波西娅说。

朱力亚那边突然传出一阵叮叮当当和扑哧扑哧的声响,只见他在芦苇丛里快速奔跑,挥舞捕蝶网,结果绊了一跤,他看了看网里面,笑了起来。"我在追捕蝴蝶呢!"他转过头说。

"你是指那个迟钝的棕色小东西吗?"波西娅快步走过来说,"但它一点也不好看啊。"

"但是它很稀有,现在请不要说话,它在那里。不,又飞走了,但是我一定会抓住它的。"

波西娅紧跟在后面,和他一起跳上跳下前进。跟着别人犯傻是一回事,自己发傻又是另一回事。

朱力亚突然停下来,然后嘘声示意波西娅也停下来。他蜷缩起身子慢慢前进,然后突然挥网扑过去。

"太好了!我网住它了!我网住它了!"

这只可怜的棕色蝴蝶被装进了罐子里,波西娅不忍心看,又转过头去。不一会儿它就死了,她这才转过头来,看到这只棕色的小家伙,那么不引人注目。

"这种蝴蝶很罕见。"朱力亚又这样说道,"女生就喜欢看外表,喜欢那些好看的东西。但外表并不重要。"

他们一时兴起就一屁股坐在一大块粗糙的草地上。他们脚踝以下就浸泡在溪水里,但这没有关系,他们鞋子早就浸湿了,而且这沼泽里的水,被太阳晒得比较温暖。

朱力亚不停地旋转罐子,心满意足地观赏自己的新收获。

"天哪,这蝴蝶真有那么稀有吗?"波西娅说。

一伙叮人的小虫在他们头顶上空飞过,数千只针头大小的飞虫发出同一个声音。微风时不时拂过芦苇丛。头顶太阳高照,双脚泡在温暖的沼泽地里,这地方很适合休息,十分平静宁和。

但是好景不长。沼泽地里的蚊子似乎都被吸引过来了,从芦苇丛里、从水中、从空中、从四面八方飞过来,嗡嗡声

第二章 石头和沼泽

不绝于耳。

"这些蚊子真大啊!"朱力亚跳了起来惊呼,"我们快点离开这里。"

他们在芦苇丛中跑了起来,芦苇拍打在他们身上。他们不知道将要跑向哪里,因为他们看不见前面的路。

朱力亚像往常一样走在前头,他突然间撞到了某个隐藏在沼泽里的障碍物,然后摔倒在上面。在摔下去的时候,他都把罐子高高举起来以免摔碎。然后他看了看相机有没有摔坏,接着查看了一下望远镜,最后发现一切东西都安然无恙后放心地叹了一口气,然后摸了摸胫骨。

"我刚刚被什么绊倒了?"他说。

"是你自己撞上去的。"波西娅说,"天哪,你瞧,那是一只划艇,一只破旧的划艇,底朝天搁浅在草丛里。"

"它怎么会在这里的呢?在沼泽里又不能划船。不过站在它上面,倒是可以看清楚我们现在的方位。"

他们俩都爬到这块很小的残骸上,向芦苇丛海洋的尽头遥望,见到一片深色的森林。不过他们还看到了别的东西,朱力亚和波西娅几乎在同一秒吃惊地倒吸一口气,在芦苇丛和树林之间有块地方,离他们也比较近,那里有一排破旧的老房子。估摸有十二间房屋,很大很破旧。它们曾经一定装修得很考究,因为它有门廊、角楼、屋顶便道和花边木饰。不过阳台已经下垂了,塔楼已经歪斜,百叶窗已经扭曲不像样或者已经完全没了,花边木饰也已经支离破碎。有一棵树从窗口探出来,它不是朝窗子里生长,而是从屋内长出来的。整个环境一片死寂。

"但谁会在一片沼泽地旁边,这块潮湿的地方建房子呢?"朱力亚问道。接下去他却小声说话,"波什,这些房子都是空的,它们都被遗弃了,这是一座鬼城。"

"啊,我们还是快走吧,快点。"波西娅拉紧自己的袖子,也小声地说道,"我一点也不喜欢这里"。

朱力亚皱了皱眉,卷起袖口,"再等一会儿,就一会儿,"朱力亚说,"我们最好先查看一下周围的情况,探查一下再说。"

"啊,求你了,快走吧!"波西娅恳求道。她的声音有些颤抖,充满了恐惧,几乎要哭出来了,但她是一个骄傲的女生,所以还是忍住不哭。

"嘘,在等一会儿。"朱力亚小声说道。

就在说话的一刹那,右手边最后一幢房子那里传来一阵噼啪声,接着传来有人大声说话的声音。

第三章　消失的社区

他们惊呆了,然后从划艇上摔了下去。划艇已经腐烂又潮湿,意外的惊喜带来的慌乱令他们心头一阵紧张。总之,他们狠狠摔了一跤,正当他们在查看自己有没有摔伤的时候,他们听到一阵响亮的声音,飘扬在这一年夏天的半空中,他俩面面相觑。

"没错,朋友。"一个圆滑的声音大叫道,"为什么老受胃酸过多折腾,今天就去镇上药店买盒神奇的薄荷糖吧,而且只要四十九美分。是的,老朋友,花四十九美分你就不要再遭罪啦。"

朱力亚首先笑了出来。

"鬼魂还会得胃酸过多吗?"他说道。

波西娅也笑了起来。她说,"哪有鬼魂还会听收音机的?这一定是收音机,朱力,因为在屋顶上我没看见有电视接收天线,你看到没?"

"等一下,"朱力亚爬到船舷上,但是站得很不稳,所以波西娅在一旁扶着他。

"不对,"他说道,"现在看起来,那幢房子不像其他房子那样破败不堪。它有一扇纱门,还种了玫瑰和几排豆子。我还看见了几只鸡鸭,波西娅,我们走过去问问吧,看看是谁住在那里,顺便问下这里是哪儿?"

"这我可有点拿不定主意,我们应该过去吗?"

"当然了,没事的。再说坏人怎么会养鸭子呢!还会种玫瑰吗?"

波西娅感到这种逻辑推论还是缺乏信服力,但除了跟着堂哥外也没有别的选择,而他早已经向前跨出了坚定的步伐了。

住在房子里的人把收音机音量调低了,所以现在只能听到一阵含混不清的声音,夹杂着一些微弱的小鸡叫声。

两个孩子径直穿过坚韧而又凉爽的芦苇丛,但几只蚊子在身后老是紧追不舍,于是时不时就会响起拍击声和感叹声。

第三章 消失的社区

朱力亚一个劲儿走在前面开路，吃尽了苦头，于是他就想到了把膝盖压在船坞的角柱上面缓解疼痛，上面已经长了一些杂草。

"你知道我是怎么想的吗？"等到疼痛过去后他这样说道，"我敢肯定这片沼泽在以前是池塘或者湖泊，所以才会有划艇、船坞和所有这一切——"

"才会有这几排房子建在那里。"

"肯定这样。不过我从来没听说过这里以前有一片湖泊。"

"你也是刚搬来这里不久啊，不是吗？"

他们爬上船坞，非常小心地从上面走过，因为有些木板已经缺失或者松动。原先在他们头顶摇摆的芦苇丛此时已经没有了，取而代之的是一大片羽毛状的蒲苇，但也高过了他们头顶。他们穿过这最后一片草丛，发现进入了一块隆起的土地，距离一间破败的房子很近。但这间屋子不是他们的目标，显然是因为他们改变了路线。不过既然离这间破房子比较近，他们顺便可以看看它的破败样子，玻璃窗都破碎了，百叶窗也十分松弛。在门廊栏杆上刻了一些姓名，可能是流浪汉刻的，而且在方形的栏杆上长了一大片蘑菇，样子就像一片鸡毛，这和他们在树林里那棵死树上找到的蘑菇一样。

"这地方看起来像闹鬼一样,"波西娅说,"我可不想在这里过夜,因为白天在这里就已经很吓人了。"

在一片杂草、雏菊和柳穿鱼交织生长在一块的地里,有一条小径通向右边的那幢房子,他们就沿着这条路前进(当然是朱力亚领头)。等到走进一些后,收音机的声音更清楚了:"玛西娅,我不能再这样下去了,真的!没有他在身边,我心中全是空虚。没有他在身边,我黯然神伤。"

一只母鸡见到两个孩子过来后,叫了几声就跑开了。鸭子的表现更为淡定,像渡船进船坞那样,慢慢腾腾地横向走到羊蹄叶下方。玫瑰花正值盛开,在玫瑰花后边盛开了猩红色的东方罂粟。

朱力亚和波西娅犹豫了一会儿,然后跨上了两级台阶,踩在上面都可以听见木板咯吱咯吱的声音。他们又犹豫了一下,接着敲响修补过的纱门。屋内好像传来了老人的声响。

"品达?"里面传来一个声响,"是你在外面吗?"

"品达!"朱力亚小声说道,"这就是刻在石头上的那个名字呀!"然后他大声回应道,"不是的,女士,不是品达,是我们。"

"那好吧,到底是谁啊!"里面传来这句说话声。收音机突然静了下来,他们听见里面传来小碎步的声音,然后一

第三章 消失的社区

个人影从昏暗的光线里走出来，是一个瘦削的矮个子老奶奶。他们首先注意到她穿了一身奇怪的衣服，又长又宽松，式样很复古。她穿了一件黑白条纹相间的丝质裙子，这件裙子的款式是羊腿袖，外加蕾丝做的高领子。她的一头白发全部往后梳，波浪式的发型，头顶有一枚红色的蝴蝶结，宛如波浪起伏中的一艘小船。

这位老奶奶脖子上挂着一副用链子系住的眼镜，她走近时先是摸索了一下然后把眼镜戴起来，这显然是一种形式主义，因为她并没有真的透过镜片看朱力亚和波西娅，而是从镜片上方看着他俩。

"小朋友！"她大喊道，"两个活生生的小朋友啊！"她的说话声音很激动，仿佛遇到了一对犰狳那样意外，但是很惊喜，因为她在笑。门一开就见到她笑容灿烂的脸，"快进来啊，小朋友，快进来。我今天真是太高兴了！太幸福了！"她黑色的眼睛闪闪发亮，很受两个孩子的喜欢。

"婆婆，我希望我们没有吓到你。"朱力亚说道。他平常不在家里时总是很有礼貌。

"没有，怎么会。今天能见到小朋友来我真是太高兴啦！我已经好多年都没见到小朋友了。快请进，进来坐坐，平常都没有人过来。"

"嗯，其实我们还在赶路。"朱力亚嘀咕道。但他还是跟着老奶奶进门了，然后波西娅也跟在他后面进门了。

老奶奶打开了客厅里左手边的一扇门，然后领着他们走进去。

他们的第一感觉就是房间里都是东西。一大片家具排列在一张红地毯上，每面墙上的墙纸都不一样，一面是玫瑰花图案、一面是蕨类植物图案、一面是条纹图案，而第四面墙上的图案在朱力亚看来有点像西兰花。在墙纸厚重的边框上有许多比较大的图像突出来。窗边的吊篮植物和藤蔓掩盖了半扇窗户，窗户上还安装了比较旧的深色天鹅绒窗帘。凡是可以在上面盖一块布的家具上面都盖了布。墙角摆放着一架直立式钢琴，上面披了一块具流苏的长毛绒布，给人的感觉就像是一位严肃的土耳其小姐姐。每张桌子都有桌布，每张椅子和沙发也都有坐垫和靠枕。

"这些家具全都是从大房子里面搬过来的。"女主人这样说道，仿佛就解释了眼前的一切，"现在请坐吧，然后和我讲讲你们来自哪里，又是怎么到这里来的。"

"我们是穿过那片沼泽地过来的。"朱力亚说，"我们还迷路了。"

"我们已经完全迷路了。"波西娅说。

"但是你们不是来自沼泽地啊！"婆婆一边惊呼，一边举起自己枯树叶一样的手轻拍脸颊。

第三章 消失的社区

"为什么,哦,是的,我们——"

"啊呀,但这块沼泽很危险的,其中有一片区域陷进去就出不来了(我哥哥打包票说过它几乎是每天都在移动位置)。就连牛也会陷进去再也没出来过。快告诉我,你们从哪里来的?"

"就从那里过来的。"朱力亚含糊地指了指方向,"我们翻越了漫长的山丘,穿过树林才走到这里的。我们住在阿提卡和波克渡口之间正当中的那片地区。"

"这样啊,那到时候我哥哥可以给你们指一条安全的路回家。你们叫什么名字呢?"

"我叫朱力亚·贾曼,她叫波西娅·布莱克。"

"我们是表亲。"波西娅说。

"这真的很不错噢!"婆婆说,"如果表亲之间关系很好的话,那就要比兄弟姐妹还客气,比好朋友还亲密,这是最好的一种关系。"

波西娅大吃一惊,她本以为只有她自己有这个发现。

"我叫契弗。"女主人说道,"来自明尼哈哈。全名叫莱昂内尔·亚历克西斯·契弗。"

"您好!"朱力亚说。

"您好!"波西娅也跟着说道,然后很礼貌地微笑,露出闪闪发亮的牙箍。

"婆婆，您能不能告诉我们这里到底是哪儿啊？"朱力亚问道，"我们现在已经迷失了方向。"

"嗯，这里以前叫塔里戈湖，曾经是一片湖，但那也是很久以前的事情了。现在人们管这里叫消逝之地。这里就是消逝的湖。"

"你看，我说得没错吧，波什，这里以前果真是一片湖。"朱力亚很自豪地大声说，就好像她之前反对过这个意见那样。

"是啊，这片湖以前可漂亮了。"契弗婆婆说，"虽然小，但是很清澈，蓝得通透。船飘在湖上就像蝴蝶在摇曳。我们家有一艘船，是爸爸做的，名字叫作特里克茜二号。但我没见过特里克茜一号，因为我那时太小了。这里以前还有网球场和俱乐部，一共住了十二户人家。噢不，好像是十三户。我再想想，是十二户没错。以前我们一家人每个夏天都会来这里，从六月一日一直住到九月十五日。"她陷入了思考，沉默了一会儿。"唉，总之很难想象这里以前有多热闹。啊呀，真是太想念以前在这里举行的派对了，还有在科林尼克劳岛难忘的野餐。"

"科林尼克劳岛？"朱力亚疑惑地说。

"它呀，以前是一座小岛，现在还在呢，就在塔里戈湖的中心位置。我们这样称呼它，是因为有一首老歌，你们有

第三章 消失的社区

没有听过?"

"契克玛,契克玛,科林尼克劳。

我刚去井边洗脚指头,

一回来小鸡就全跑了。

这回是第几回了啊,老巫婆?"

"我从没听过这首歌。"波西娅说。

"你居然没听过?玩游戏的时候就会唱这首歌呀。也许现在的孩子都不玩这种游戏了,也有可能只在南方会玩这个游戏。这个游戏是从田纳西过来的贝比-贝尔·塔克唐教我们玩的。在那座岛上还有一座无人居住的小房子,很像巫婆住的那种,所以我们就把这里叫作科林尼克劳。"

"那座房子还在岛上吗?"波西娅问。

"这也比较难说了。因为岛上已经长满了常绿植物,整个岛都被覆盖满了,即便在冬天也是什么也看不到。后来我们再也没去过哪里,因为戈帕尔……"

"戈帕尔?"两个孩子异口同声说道。

"啊呀,它就是我之前提醒过你们的那块移动的沼泽呀,我哥哥把它叫作戈帕尔。它位于整片沼泽的中央区域附近,幸好离开湖岸比较远(当然现在已经无所谓湖不湖岸了),但是我们无从知道它下一次会在什么地方出现。(我觉得肯定不止有一个戈帕尔,因为泥潭怎么会移动呢?你说是不是？)"

"这片湖后来怎么样了呢？"朱力亚问。

"我们认为罪魁祸首是1903年在科林斯建的大坝。自从那以后，塔里戈湖就在不断缩小，直至1906年就完全消失了。湖水全都干了，只剩下淤泥。虽然那时我已经是大人了，而且已经结婚了，但当我听到这个消息时，还是伤心地哭了起来。"

"后面的事不用说你也知道，又有谁愿意在一大片淤泥滩前面安家呢？唉，这些住房瞬间就变得一文不值了。总之，多数住户都搬走了，剩余的住户后来也都离开了。这些度假屋就这样孤独地站立在这里，慢慢衰败腐烂。除了老鼠、黄蜂和燕子会光顾外，一个人影也不会出现在屋子里面。要么就是流浪汉偶尔会经过这里，要么在秋天会有猎人路过。他们会顺手牵羊拿走想要的东西，打碎不喜欢的东西，还在墙壁上乱涂乱画。但是他们从来都没有走进大房子，从来没有！而且他们也从未走进过卡普利斯别墅。"

"卡普利斯别墅在哪里？"波西娅问。

"好的，请听我解释。"契弗婆婆嘴角露出一丝微笑，摇摇头说，"它啊，就是布莱斯-吉迪翁女士给自家房子取的名字呀。那时候大家都觉得给房子取名是一件文雅的事情。比如像塔克唐先生那样浪漫的南方人就管自己的家叫作贝尔米娅,而当得知这个名字的发音和法语中表示岳母的单词很相近的时候,他真的是差点要尴尬死了,因为岳母就和他们住在一起,而且她是一个很有主见的人,还是布莱斯-吉迪翁女士的好朋友。那可是一幢结实的大房子,柱子上都铺满了鹅卵石。而布莱斯-吉迪翁女士也是一个身材高大的女人,性格也是比较豪爽。她讲话声很低沉,像男人说话那样,皮肤深褐色。她很富有,很看重财富。那么我现在是住在哪个房子里呢?"

"没错,就是那座无人能闯入的房子。爸爸和布莱斯-吉迪翁女士(特别是布莱斯-吉迪翁女士)非常谨慎,总是把房子锁得牢牢的,因为全部财物都在里面。他们在市区的房子已经放不下任何家具了,而把它们搬到这里还可以更省钱更方便。所以他们安装了双层窗户,给门上了两道锁还加了门槛,这样就连田鼠都无法钻进来。之所以有这些措施,是因为爸爸和布莱斯-吉迪翁女士认为将来搬家的时候可以用到这些家具。但事情真的是说不准的呀!爸爸和妈妈都在1907年去世了,布莱斯-吉迪翁女士在旧金山大地震中遇难。我也是感到很遗憾,因为拿我哥哥的话来说就是'只有大灾害才能夺走布莱斯-吉迪翁女士的命'。"

"卡普利斯别墅后来怎么样了呀?"波西娅问。

"据我所知,还是老样子,原封不动。"契弗婆婆沉重地说,"她没有亲戚,没有孩子,没有监护人,也没有花钱请人来维护房子。她把房子建造在距离这些房子比较远的地方,我想为的就是能建得更宏伟壮观和独特吧。后来树木占领了这块地,灌木篱笆现在都已和大树一样高了,上面爬满了金银花、毒常春藤和葡萄藤蔓。"

"这听起来很像《睡美人》。"波西娅说。

"这也有点像《瑞普·凡·温克尔》里面的情节。"朱力亚说。

"是的,只不过里面除了家具外什么也没有,而且它们现在估计都化为灰烬了吧。时间会把一切都抹去的,时间的力量就是这样强大,再加上严寒酷暑。六十年前种的爬山虎已经爬满了整幢房子,所以房子看起来就像披了一件大衣一样。还有猫头鹰栖息在门廊里,总之我不喜欢那里。"婆婆身子哆嗦了一下说道,"在消逝的湖旁边的那些破房子我倒是一点也不怕,就是一想到被树木团团围住的卡普利斯别墅,就会有一种莫名的恐怖感。"

"我想冒昧地问一下,"朱力亚有点迟疑地说,"如果您不介意回答的话,我想问下您为什么还住在这里呢?"

"其实我离开这里也有好些年了,不过后来又搬了回来。在我丈夫去世后,我就没有了积蓄,几乎是身无分文。我感到茫然无措。后来我想起来在塔里戈湖这边我还有

第三章 消失的社区

房子啊,不妨搬过去住。再说了,我对外面的世界已经没有任何眷恋了。我和我哥哥品达是家族里剩下的最后两个成员了,他的生活比较坎坷,也是觉得可以抛下外面的世界。所以在很多年前夏天的一个清晨,我们就忍受着蚊子的叮咬,穿过一大片杂草,来到了大房子面前。你绝对想不到我爸爸把房子锁得有多牢靠,我们有钥匙的,但整整花了一天半才最终进入房子,晚上我们就在里面过夜。当时一走进里面我们就发现房子虽然没有遭到任何人为的破坏,但风霜雨露把它侵蚀得很厉害。阁楼天花板全是洞,烟囱也已经没了。不过楼梯倒是保护得挺好,几乎没有毁坏。"

"'这里根本不能住人。'我哥哥说,'房子里漏洞太多了,而且太阴森了。'然后我们两个都比较看重隐私,所以我就选择了这排最后的那幢房子,他选择了另一排那幢。我们修理了一下房子,然后从大房子里搬来一些家具。大部分家具都被我拿走了(因为我哥哥不太喜欢家具),然后我就感到我再也不需要什么东西了。我感到我完全没必要去其他小镇逛街,也不需要再去买什么裙子了。因为箱子和衣柜里都是妈妈留下的夏季裙子和大衣,而且我妹妹们结婚后有了嫁妆新衣服,就把旧衣服都留在了这里。我很幸运,一直没有发福,这有好些旧衣服我都还没有穿过呢。"

"那么日用品是从哪里来呢?"朱力亚说,"比如食物、鞋带，等等这些东西。"

"天哪，连鞋带你都想到了。"波西娅说。

"这个呀，我哥哥有一台机器。"

"机器？"朱力亚不失礼貌而又疑惑地问。

"就是你知道的那种汽车呀。我哥哥品达每月都会开车去波克渡口买些必需品，顺便剪个头发。但我从来没去过那里，以后也不会去。啊呀，孩子们，看我都忘了给你们倒杯饮料。快来，跟我到厨房来，尝尝樱桃蜂蜜酒。不过先让我把我哥哥召唤过来。"

朱力亚跟在她身后，波西娅在客厅里暗自思忖自己从来没有听别人这样使用"召唤"这个词语。

第四章 "我的哥哥品达"

大厅里，契弗婆婆走向前门，朱力亚和波西娅跟在身后。从身后望过去，透过纱窗门，可以看见轻轻摇摆的芦苇丛已经有一半处在阴影中。夕阳西下，蒲苇草羽毛状的叶片上镀了一层金辉，金光灿灿的昆虫在叶片上方飞舞。

"我觉得我们该回家了。"朱力亚说，"时间已经不早了。"

"唉，别急呀，等喝些樱桃蜂蜜酒再走吧，然后我哥哥品达会给你们指一条安全的回家之路。"

在门旁的挂钩上有一条皮带，旁边挂了一只海螺贝壳。契弗婆婆取下贝壳，打开纱窗门，然后探出身子，再将贝壳放到嘴唇上。她向贝壳吹了口气，发出一阵响亮而又忧伤的声音，仿佛一只迷路的奶牛在呻吟。然后她放下了贝壳，开始侧耳聆听，不一会儿又传来了一阵忧伤的声音。

"太好了，他在那边，他马上就会过来。"契弗婆婆关上了纱窗门，然后把贝壳放回挂钩上面。"爸爸和塔克唐先生各有一只海螺贝壳，用来呼唤在湖边和其他地方玩耍的孩子回家。两只贝壳发出的声音有点不一样，我们可以轻松地听出来。品达的贝壳（原先是属于塔克唐先生的）发出是声响更加深沉哀伤，就连真正的牛听到后也会作出回应的。每到我听到这个呼唤声，我就会想起逝去的时光，真是难忘啊，湖面上闪烁着灯光，每间大房子都灯火通明，大人都在等候我们回家。我们在湖的那边老远就能闻到香喷喷的饭菜味飘来，老远就能听到克莱·德莱尼的曼陀林演奏声，啊那是很久以前的事了，但是真的很美好。过来看看，这就是我的厨房。"

她推开了一扇铺了桌绿色台呢的门，这扇门年代比较久远了，软软的而且有虫蛀。他们穿过一间食品储藏室，里面的架子上摆满了盘子，然后走进一间明亮的大房间。由于客厅里东西比较多，所以走进厨房就给人一种空荡荡的感觉，或者说朴素。厨房墙面刷了白漆，地板上有一条老旧的油地毯已经磨损得很厉害，这和石头木头腐蚀掉是一回事。在干净

第四章 "我的哥哥品达"

的旧木板上面还有星星和六边形图案。在后门附近堆放着木炭，木炭里面都已经裂开了，这个柴火堆就叫作默纳克，年代也是很久远了。厨房里所有的东西都很老，窗台上打过补丁的蚊帐，一张干净的松木桌，锅碗瓢盆。在一只托架上由大到小摆放着几个煤油灯，大的样子就和花盆一般，小的和茶杯差不多，在瓶颈上挂着锡做的俄式托片。

"明尼啊。"门外传来一个声音。

"这就是我哥哥，但我不希望他叫我明尼。"契弗婆婆打开门，走到后门迎接哥哥进来。朱力亚和波西娅也走了出来，看见一个脚步轻盈且衣冠楚楚的老爷爷向他们走来，他一边走一边拿拐杖在雏菊丛里拨弄。他面颊红润，胡须都已经白了。他的眉毛是黑色，眼神很精神，眼睛是蓝色的。他戴着宽边毡帽，穿着斜纹软呢夹克，蓝色牛仔裤塞在高筒靴里面，他在后腰上还别了一朵金鸡菊花。这个老爷爷真是仪表堂堂。

"明尼，咦……等等，"他的说话声音也悦耳，"今天还有客人来呀，那我们真是太荣幸啦。"

"我希望你不要再叫我明尼了。"他妹妹说，"这还用说吗，我们今天有客人来，非常有意思的客人。孩子们，这位就是我的哥哥，品达·佩顿先生。阿品，这两位是，呃，孩子们你们叫什么名字来着？"

两个孩子介绍了自己后,品达先生亲切地和他们握手。"这真是一个很惊喜的意外呀。"他说,"上回来拜访我们的生物还是一只骡子嘞。"

"快进来喝杯蜂蜜酒,"契弗婆婆说,"阿品,这两个小朋友是穿过了沼泽地来到这里的,很不容易啊,待会你给他们指示一条安全的路回家吧。他们就住在阿提卡和波克渡口之间的派奥里山后边。"

"这段路散步很不错的,"佩顿先生说,"如果你们走那条路的话,要走六七英里路。"

他摘下宽边毡帽,往后拂了一下波浪式的白发,撩了一下两小撮八字胡,然后向下拂顺山羊胡。也许他有点虚荣,波西娅心想。因为他是一个英俊潇洒、面色红润的老大爷。

他们在窗边的一张很长的松木桌旁坐了下来。朱力亚把身上的东西放下来,把相机挂在背后椅子的一个角上面,把望远镜和鱼篓挂在另一个角上面。他把捕蝶网靠在墙壁上,坐下来后把杀虫罐放在胸前的桌上。

"小朱,这个氰化物罐子放在餐桌上一点也不合适啊。"波西娅刚要开始讲道理,佩顿先生就拿起罐子仔细看起来。

"哇,这是高山蝶呀,多么漂亮的标本物。太漂亮了。"他说,"恭喜你抓住了它。"

第四章 "我的哥哥品达"

朱力亚立刻跳了起来,他眼中闪闪发亮。"先生,您很懂蝴蝶,对这方面很了解的吗?"

"我只是对沼泽地里的一些蝴蝶有点了解,只能算是一名沼泽地里的昆虫学者,很业余的啦。"

"除了我自己以为,我还从未遇到过别的昆虫学者呢!"朱力亚说,"但我知道的仅限于书本知识,而且我还不能正确地说出蝴蝶的学名。天呐,我真是为今天的迷路感到高兴啊!"

"我也感到很高兴。"波西娅说。

"我也很庆幸啊。"契弗婆婆边说边把盘子放在餐桌上。在这个盘子上面,有一个雕花玻璃酒瓶,颜色是和石榴石一样的深红色,此外还有四个式样不一的精致小酒杯,但上面都刻了一行银色的字:1893年芝加哥世博会。契弗婆婆小心翼翼地把深色饮料倒进酒杯里,然后递给每个人喝。

"这个饮料是用苦樱桃和蜂蜜做成的。我哥哥养了蜜蜂。"

"我还养了羊呢。"她哥哥说,"不过做蜂蜜酒用不到羊的帮助。"然后他举起了小酒杯说,"为我们新认识的朋友干杯!"

他们一起举起酒杯。波西娅看着朱力亚,因为大家也都看着对方。朱力亚喝了一小口后,波西娅还是看着他,然

47

后也跟着喝了一口。

蜂蜜酒的口感就像咽下去一团甜味的火焰一样,眼睛都要流泪,但第二口喝起来就舒服多了。

"这味道喝起来有点像咳嗽药。"波西娅说,"比较好喝的那种。"

"这饮料对咳嗽也有好处的,我的哥哥品达整个冬天就靠喝这种饮料。"契弗婆婆说。她拿出一盘饼干放在桌上。"这饼干是用当归根做的,"她说,"这种野生植物就生长在沼泽附近。"

"沼泽地里的一切东西我们都能物尽其用。"佩顿先生说,"在沼泽地里好东西可多着呢。"

"没错,我们早就想过了,"契弗婆婆微微点头说,"如果要在沼泽地附近生活的话,我们就要学会利用沼泽地里的产物。刚出发来这里的时候,我们就很开心,因为能重回故地,回到塔里戈这片消逝的湖,而且还期待着再见到这片遗留的沼泽。当我们回来看到这片绿油油的沼泽地时,我们就感到太美了,情况比我们想象中的还要好,原来这里都长满了数不尽的绿油油的芦苇。这种美一般人欣赏不来,得要用心去品味。"

"可是那些叮人的蚊子可怎么办啊?"朱力亚突然问道,还摸了摸被叮咬的小腿。波西娅也开始抓挠肘部(这个部位

第四章 "我的哥哥品达"

被蚊子咬一下可有的痒了)。

"过了一阵子后,蚊子就对我们感到疲倦了。"佩顿先生说,"风水轮流转啊,它们都懒得来叮咬我们了。"

"阿品,这还不是我发明的驱蚊药水的功劳嘛。我做了很多次实验,"她向孩子们解释说,"我用有毒的树根、薄荷、马香草和其他能想到的一切东西放到一起煮沸。然后试了各种各样的配方,终于做出一种具有驱蚊效果的药水。"

"我用了,效果真的很好。"佩顿先生又喝了一口蜂蜜酒。"可是有多少人愿意用煮烂的臭菘和鸦蒜涂在身上呢,这是个未知数。(愿意这样做的人就能把蚊子吸引过来,总之它们常常来拜访我。)反正涂上这种药水后,蚊子就不会来叮咬了,这个就是明尼发明的驱蚊药水。"

"我希望你别再叫我明尼,"契弗婆婆说,"我哥哥曾经也说过,如果我们把它包装一下拿出去卖,指定能赚很多钱。但是钱赚多了也不是好事,这地方就会出名,人们就会从四面八方涌进来,可我们为什么要改变现在的生活方式,穿上西装、写商业信函以及做其他杂七杂八的事情呢!我才不要,我喜欢现在的沼泽地生活。用品达的话来说这里就是'桃花源'。"

"她讲得没错,"佩顿爷爷说,"现在的生活方式很适合我们，我们不想要任何改变。不过如果能有更多像你们那样的访客来就更好了。"

"谢谢爷爷，"朱力亚恭敬有礼地说，"但我们真该要回家了。"然后他就把自己的东西重新挂到自己身上。这次捕蝶网由波西娅拿着，因为朱力亚有点不放心让她拿珍贵的昆虫罐子。

波西娅有点依依不舍的样子，"我今天过得很开心。"她充满感激地和契弗婆婆握手。她甚至还做了一个屈膝礼，而她平时却很反感这个表示敬重的礼节，认为这样做很愚蠢。这只能说明朱力亚的礼貌行为感染了波西娅。

"你们还会再来吗？"契弗婆婆问道。

"要不我们明天就来，会不会太早呢？"朱力亚说。

"明天也可以。如果天气好的话，我可以带你们去参观一下我的沼泽花园。"

他们出门后，破旧的纱窗门就在他们身后轻轻合上了。这时有只鸽子不知在哪里发出咕咕、咕咕的叫声，它的声音很平缓。

"天哪！天已经很晚了。"朱力亚说，"我们要走好长路才能到家啊！"

"不会的，我知道一条捷径，跟我来。"品达·佩顿爷爷说。他在前面一路小跑穿过了老房子。这些老房子在黄昏的光线中越发显得沧桑破旧,透过大门的破洞望进去,里面一片漆黑,阳光照射在残缺的玻璃窗上,看上去就像火焰在跳舞。燕子在烟囱上方盘旋。

"我就住在那座房子里。"领头的爷爷说道,指了指远处最后一间房子。那座房子几乎和其他房子一样破败不堪,只不过看上去更整洁些。房子周围有鸡在散步,他们还看到一座很漂亮的菜园子,里面还搭了大豆棚。在靠近树林的地方,有一些看起来不整洁的木箱子堆放在那里。

"那些是养蜂盒。"佩顿爷爷说,"等到明天我再给你看看这些给蜜蜂住的房子。"

当他们绕道沼泽地的边缘的时候,波西娅看到最中间的地方有一丛黑乎乎的东西,她心想那一定是科林尼克劳岛。

"那就是科林尼克劳岛。"佩顿先生说出了波西娅的想法,"我已经六十年没有上过这个岛了。我以前和塔克·塔克唐还在这里露过营。"

"塔克!先生,您刚刚说的是塔克吗?"朱力亚大声说道。

"是的,怎么了?"佩顿先生停了下来看着他,"我想这应该是一个很平常的名字呀!"

"'塔克和品达',"朱力亚看着佩顿先生吟诵道。"'贤者之石',1891年7月。"

"什么？你能再说一遍吗？"他们的新朋友面色一度很严肃。然后他好像想通了，哈哈大笑，"天哪！是那块石头。贤者之石！天呐，它还在那里吗？你们发现它啦？"

"就是在今天找到的。"波西娅说。

"我们在寻找石榴石的时候剥去了石头上的一些苔藓，然后就发现了这些字迹。"朱力亚解释说，"我们还在想是谁以及为什么要在上面刻这些字。"

"天呐！那块石头里有石榴石。我想起来了。那些字是我和塔克在那年夏天刻的，等下次我再和你们讲这件事，因为今天已经很晚了。朱力亚你有没有看见那边树林的那条路？"

"那就是一条路吗？"

"是的。那曾经是一条马车通行山间小路，现在已经长满了植物，但还是可以顺着它前进。你们要从克雷斯顿公路那里走出去，不过那块路口处的榛树林长得很高。你们要多留意一下，因为这条老马路走到公路那里的时候几乎就没有了。一定要记清方位，否则很难找到这个路口。你们最好在路口处做过标记，走到公路后向左走十五分钟，你们就能到家了。"

"谢谢您。"

第四章 "我的哥哥品达"

"谢谢您。"波西娅说。

"噢,还有一件事情,"佩顿先生警告说,"在公路上要小心汽车。现在人开车都太快了。"

"我们会小心的。再见。"

"再见。"

"再见。"

朱力亚和波西娅在这条满是石头的老路上艰难前行,不断往上爬,最后翻越了这座长满灌木的山脊,然后开始走下坡路。石子在他们脚底下滑过,野蔷薇在他们衣服上摩擦而过。太阳虽然西斜,但还是穿透了高高的树梢,地面的空气就比较潮湿凉爽。走着走着他们就听到了汽车在公路上呼啸而过的声音。朱力亚身上发出的叮当声听起来很疲惫,波西娅心想自己脚后跟一定起了水疱。

"今天很开心。"朱力亚说,"我很喜欢今天的远行。"

"今天太棒了。"波西娅说。

"不过我刚刚在想,"朱力亚说到一半停下了脚步,看了看这条有车辙的马路旁边的一棵黑桦树,一番深思熟虑过后,从树上掰下一根小树枝咀嚼起来。波西娅也挑选了一根小树枝,尝了尝这棵常青树的味道。

"别磨蹭了,你在想什么?"她忍不住问道。朱力亚就在等她这一问。

"我刚在想我们最好暂时把今天的事情,那片沼泽地,那些破旧的老房子,以及经历的一切不要说出去。不要对任何人讲起,以免事情会变得复杂起来。"

"太好了!我们就暂时保守这个秘密吧!我们应该这样做,对不对?"波西娅有一丝丝不确定地说,但很快就轻松地打消了这种怀疑。

"我的意思,我们不需要说谎,只要不提这件事就可以了。是不是?"

"没错。"波西娅说。

第五章　第二次拜访

第二天下午孩子们才到达消逝的湖。因为早上朱力亚要割草坪，波西娅要帮助希达姑姑拔杂草，不过孩子们一点也没有抱怨，因为家是一个温馨快乐的地方，而且天气也很好，他们心中充满对那片神秘之地的向往。小狗崽被带到了户外，它们在草地上打滚嬉闹。小狗崽走路还有些摇摇摆摆，它们伸出舌头，眼睛在刺眼的阳光中不能完全睁开。巨大的牡丹花在小狗崽上方开放，花瓣就像羽翼，看样子像极了棕榈树。凯蒂充满保护欲和警惕性地走在小狗崽中间。其中有一只小狗崽总是独自走开，凯蒂就会追上去咬住它背部松软的皮毛，把它带回队伍中。

"我们可以管那只小狗叫格利弗。"波西娅提议道,"因为它很喜欢旅行。"

"太好了。"希达姑姑说,"这个名字很适合它。"

"希达姑姑,我正在拔的这棵是不是杂草啊?"

"噢不,那可不是什么杂草,那是翠雀花呀。好在你没有把它连根拔起,你现在把土压压实就可以了。这棵茎很粗的小草就是可恶的杂草。还有这棵,叶片很好看,看起来就像一朵花,但其实也是杂草。"

夏日暖阳很舒服,一阵阵微风轻轻吹过树林,好似在抚摸嫩枝新叶,催促它们快快长大。朱力亚在草坪上来回推动割草机,不时传来响亮的轰隆隆声,小男孩在空树洞里玩得很开心,声音和红嘴蓝鹊一样刺耳。(戴维·盖森那天一早七点就来了,耐心地坐在厨房台阶上玩自己的空堂玩具枪,等待贾曼一家下楼吃早饭。)

而就在此时,小男孩正准备再次发射"火箭"。

"方向向东调整,垂直前进。"福斯特指挥道。

"垂直前进是什么意思?"戴维问。

"就是上升啊。总之我们要利用地球自转速度让它升空,四天后就能到达月球了。"

"这样啊。"戴维说。

"天呐,现在的孩子知识面可真广啊。"希尔达姑姑赞叹道。

"而且福斯特现在都还不会阅读呢。"波西娅说,"他现在只看得懂'哎哟、砰、乓'和漫画书里的词汇。他现在就认得这些字。"

有棵高大的枫树在风中摇摆,树上有只金莺鸟不时地唱起婉转的歌谣。鹩鹩也在鸣叫,不过它们听上去更像在交谈而非歌唱,林子里还传来红衣凤头鸟的叫声,它们的声音听起来就像把液体倒入瓶子里发出的那种清脆的响声。

"如果你能够抓住它的话。"波西娅坐在温暖的草坪上说。由于坐的时间太长,她的膝盖都有些僵硬了。

"抓住什么?天气吗?"希达姑姑也坐到了草坪上。她手上都是泥,比较脏,所以就用手背把额头上的头发往后梳。希达姑姑非常好看。

"可以是天气,但主要是时间,六月很美妙,马上要盛夏了,万物都开始繁盛了,一切都欣欣向荣。"

"但如果一年四季都是夏天的话,我们肯定会感到厌烦的。"希达姑姑说,"人们一定会感到厌倦的,正因为美好的时光是短暂的,所以它才珍贵。"

"好的东西总要有对照物才行,"波西娅说,"不然我们怎么知道它有那么好呢?"

"没错!"希达姑姑说完后继续去除草。过了一会儿后,波西娅也去拔草了。

"要是能一直那样就好了,"波西娅一想起消逝的湖便有一股喜悦涌上心头,她好想把这件事告诉姑姑,但又不能不遵守和朱力亚的许诺。

福斯特和戴维在空心树那边已经玩够了,他俩突然从空心树里面窜出来,然后在草坪上跑来跑去。凯蒂竟撇下小狗崽,和他们一起乱跑。

"我们是轨道上的空间站,"福斯特一闪而过,大声说道,"凯蒂也是。"

吃过午饭后(戴维依依不舍地回家去吃饭,回来时嘴巴里还在咀嚼饭菜),波西娅和朱力亚赶忙洗好碗碟,随后踏上探寻之旅。

沿着公路行走简直热得不行,呼啸而过的汽车刮起一股热风。朱力亚和波西娅终于走到绵延的榛树林,心里一阵欢喜。昨天晚上他们还在为拿什么做标记犯愁,不过朱力亚解决了这个问题,他脱掉鞋子又脱掉一只红袜子,用它盛了一些沼泽水,然后系在树枝上。

"少了一只袜子,你怎么向妈妈交代呢?"

"她不会注意到的,即使被她发现了,也没关系。我袜子常常找不着,老想不起来放哪里了,我都习惯了。"

第五章 第二次拜访

他们轻松找到了红袜子标记,然后穿过扎人的灌木丛,不一会儿就到达了崎岖不平的老路。朱力亚和往常一样把一堆装备挂在自己身上,但这次走路发出的声音比较轻快,波西娅跟在后面走一步跳一步,丝毫不担心脚会起疱。

他们翻过山脊,沿着长长的下坡路继续走,眼前的景色赏心悦目。芦苇在夏风中荡漾摇摆,科林尼克劳就像一艘神秘的黑色船只在一片芦苇的海洋里沉浮。放眼望去,可以看到破房屋的拱门,破碎的玻璃窗和歪斜的烟囱,以及房子后面慢慢逼近的树林。

"瞧,品达·佩顿爷爷在那里,蜂箱旁边,你看见了吗?"朱力亚说。

话音未落,朱力亚和波西娅就一路小跑过去。

"佩顿爷爷,您好吗?"朱力亚走近后大声问候。爷爷听到后便挺起腰板站直,一边微笑一边挥舞阔边帽。微风吹乱了爷爷的白发。

"欢迎!欢迎!"朱力亚和波西娅走过来后,爷爷发现他们满脸通红,气喘吁吁,"看你们也走得很热了,快进来喝杯水吧。"

爷爷领他们进屋(他们发现门把手是用针线线轴替代的,拧一下门就会开),爷爷打开门后站到一旁,让波西娅先进去。波西娅从朱力亚旁边走进时嘴角向上撇了一下。

"这就是客厅,"爷爷说,"这里家具不多,但已经够用了。我只用到两个房间,阁楼是大黄蜂的领地,其余都是空房间。"

爷爷的客厅里有一张马毛皮沙发(有破损),一张干净的单人床,两三把椅子,一张桌子,桌上放着收音机和油灯,一个已经不用的大肚火炉,上面放着洗脸盆,脸盆里种着欧洲鸢尾,书籍整齐地靠墙放在烟囱里,墙上的装饰物只有用钉子钉上去的拉丁文包装纸。这和契弗婆婆的客厅相比完全不是一个风格。

"这就是厨房,这是我真正的起居室。"佩顿爷爷打开另一扇门说道,"因为有大黄蜂,所以夏天要把这扇门密封死。"

"爷爷为什么不用农药或者其他办法赶走蜜蜂呢?"

"说实话,我不想这样干。看见蜜蜂来来去去的身影,我感到很喜欢,所以就让它们在阁楼里忙吧。它们有它们的住所,我有我的房间,各管各的,就像住在旅馆一样啊。"

佩顿爷爷的厨房很大,墙壁很白,地板漆了讨喜的红色。爷爷家的蝴蝶看起来很像契弗婆婆的家的黑脉金斑蝶,只不过更大更漂亮。它的名字叫苏丹那。在厨房墙壁上,有几只装进相框的蝴蝶和蛾子、六边形的老式摆钟,和一张杂货店日历，上面还画了一张成年女子游泳图。

佩顿爷爷和他妹妹一样，也有一张很大的松木桌。他还有两把座椅，一把摇椅和一把有破洞的扶手椅。在扶手椅上有一只非常大的斑纹猫，毛茸茸的，睡得很熟。

"这是大胖。"佩顿爷爷说。

"这只猫叫大胖啊？"

"没错。"

听见有人叫唤它名字后，猫咪就醒了。它奶黄色的眼睛扫视了一下众人，然后伸出一只爪子活动一下身体。

"果真名副其实呀，"擅长取名的波西娅说道，"不过它小时候也是个大胖子吗？"

"呃，那个时候我还不认识它，我遇见它的时候它已经成年了。那还是三年以前，在一个冬天的晚上，有一只猫在门外号叫。那个晚上天气很糟糕，雪非常大，风在咆哮，所以我一开始并没听出猫的号叫声，但当风暴暂停一会儿后，我才听清楚有一只猫在叫。于是打开门让它进来，它已经冻得半僵。它抖掉耳朵上的雪，走到盛放金枪鱼的盘子那里坐下来吃，一点也不排斥我。吃完后它就发出咕噜咕噜的声音，听起来很像手提钻枪的响声。第二天它抓来一只老鼠，把尸体放在门口台阶上。我想它是为了表达感激，所以回报一份食物给我。"

猫咪和大多数小孩一样，都不太介意别人讨论自己。大胖现在从椅子上爬了起来，弓起背，重重地跳到地板上。它从屋内走出去，项圈发出咚咚声。

"铃铛声可以提醒鸟儿，"佩顿爷爷解释说，"不过，大胖会用下巴防止铃铛发出声音，它也真够精明的。非常聪明的一只猫。"

佩顿爷爷一边说话，一边拧铁水槽上方的水龙头。嘿—嚯，嘿—嚯，水龙头发出驴叫一样的声音，不一会儿就流出了清凉的水。爷爷用两只带有玫瑰花图案的茶杯倒满水，然后给两个孩子喝。

"太好喝了，我从没有喝过这么好喝的水。"朱力亚用袖子擦去嘴上的水，生动地说道。

"现在来看看其余的地方吧，"佩顿爷爷拿着帽子鼓掌，他再次为波西娅开门。朱力亚心想，不知道爷爷小时候是不是也这样有礼貌，有可能不是吧。

他们先去看了菜园子，还一致表示了欣赏。这个菜园子用铁丝网围起来，土地耕种得整整齐齐，还有蜜蜂在开花的豆子大棚里面采蜜，实在是太棒了。

"用铁丝网围起来是为了防兔子和土拨鼠，"爷爷说道，"有时候树林里还会跑出来一些小鹿，我养的家禽也不能让它们来偷吃。在这里食物很紧张，不过我是不会让这些动物挨饿的。你看那边，那就是兔子菜园，没有围篱笆，而且种了莴苣、萝卜和青豆。这样就有充足食物了，这些小动物都会有吃的。此外，我还为鸟儿种了谷子和向日葵。"

"咩咩咩。"远处传来一阵暴躁的声音。

"那是什么东西呀？"波西娅一惊。

"那是弗洛伦斯，"爷爷说道，"你们跟我来。"朱力亚和波西娅跟在爷爷身后，走了一段距离，来到一块围场。这块场地比较随意地用破旧的大门、尖桩围栏和铁丝网围成，大门是一张很破旧的弹簧床面。原来在这块圈起来的场地里面，有几头圈养的羊正躲在凉棚下面。

"我不会让羊群来偷吃兔子菜园，"爷爷说，"不过它们还是会时不时地跑出来。雄山羊叫萨姆叔叔，这个称呼并没有歧视的含义，只是它的胡须非常配这个名字。"

"母山羊叫弗洛伦斯，因为它让我想起了我的堂妹。这当然不是指长相，而是说话声音。"

"咩咩咩。"弗洛伦斯抱怨道。

"听起来和我堂妹以前叫唤她妈妈的声音一模一样，"爷爷开始陷入沉思，"她以前动不动就会叫唤妈妈，很难满足，被惯坏的孩子。但是她扁桃腺有点肥大。"

"咩咩咩。"萨姆叔叔发出低沉而又冷淡的叫声。

萨姆叔叔和弗洛伦斯有两个孩子。这两个小家伙特别漂亮,耳朵软绵绵的,就和羚羊一样优雅。"不过我还没有正式给它们取名字,暂时都叫它们小家伙。目前我还在用瓶子给它们喂奶喝,等会儿你们想喂它们吗?"

"太好了!"波西娅说。

爷爷解开绳子,打开大门。"小家伙们,出来一会儿。"两只小羊羔跳了出来,波西娅立刻跪下来抱着小羊。

"咩咩咩",萨姆叔叔叫道。

"老家伙别叫了,现在还轮不到你喝奶。"爷爷把门重新系上。萨姆叔叔在铁丝网后面凝视,它的面容很狡黠,两只眼睛苍白,两个瞳孔就像猪猪储钱罐上的缝隙,身上有一股浓烈的山羊气息。佩顿爷爷走进去,抓挠它硬邦邦的额头,它额头两边还有两只弯弯的羊角。

突然间传来另一阵柔和的声音,很像牛叫。原来是海螺贝壳发出的声响。

"你们听,我妹妹在喊我过去了,"佩顿爷爷说,"也好,我们就过去看看。"爷爷看到两个孩子都在拍打身上的蚊子,于是就说,"不过,还是先到我家里吧,给你们涂点驱蚊药水。你们也快点进去,小羊羔。"

不一会儿,朱力亚和波西娅就发现这款驱蚊药水有一股浓烈的刺鼻味道。不过,这个药水就和佩顿爷爷讲得一样,效果非常好,所以也只好忍受这股味道。

第五章 第二次拜访

他们排成一条直线走在小路上前进，芦苇丛闪闪发光，倒向他们身体右侧。老房子位于左侧，他们从这排房子前面走过，每经过一幢佩顿爷爷就用拐杖指一下，然后说出原来的房主是谁。

"那幢是德兰西家的，他们家有好多人，他们从锡达拉皮兹市过来，喜欢音乐，有一架自动钢琴。在我们前面的那幢是沃格尔哈茨家的，爸爸喜欢喝酒，有几个孩子，一家人都很胖。那边那幢门廊凹进去的房子叫贝雷米尔，是我们的好友塔克唐家的房子。可怜的塔克唐先生以前还把它叫作'岳母宅邸'。"

以前门前都是一片草坪，现在都长满了野草。以前定期修剪的树篱，现在已经长成大树。鸢尾花、芍药、东方罂粟扎堆生长，随处可见。数十年没有被修剪的玫瑰爬满破篱笆，还在开放，藤蔓在草地上四处蔓延，好似一条花朵围巾。

"后面那幢大房子就是我们的，已经很破了。"

所有房子都已经残破不堪。有一幢已经彻底倒塌了，化为一堆碎石，被野生黄瓜藤蔓爬满。"那幢房子是卡斯特家的，我们把它叫作卡斯特家的城堡，那时候年轻，觉得这样叫很诙谐。啊哈，你好明尼。"

契弗婆婆迎面出来。她穿了一件粉色的羊腿袖衬衫，一件长长的深色裙子，外面套了围裙，戴了一顶围着面纱的钟形巴拿马草帽。她看起来很别致很漂亮。

"孩子们，我很高兴再见到你们。我真是太高兴啦！"婆婆说，"孩子是最珍贵的生物，你说是不是，阿品？"

"小孩子太棒啦。"

"所有小孩都很棒，"契弗婆婆说，"如果你心地善良，你就会发现他们身上更多美好的地方。波西娅，朱力亚，你们想看看我的沼泽花园吗？兰花现在已经开花了，非常漂亮哦。等会儿到我家去，我做了一个蛋糕。"

朱力亚克制住自己没问蛋糕是什么口味，但他打心底希望是巧克力味。

"忘了说了，待会要做好踩湿鞋子的准备噢。"婆婆站在沼泽地边缘大声说，"我穿了套鞋，所以不用担心。"

"婆婆，看我的，"朱力亚一屁股坐下来把鞋子脱掉，"光脚就什么也不怕。"波西娅也跟着脱掉了鞋子。

"至于我呢，就不去了。我还是在屋里坐会儿算了，再喝两口蜂蜜酒也很好。"佩顿爷爷边说边离开边哼起了小曲：

"有谁见过凯丽吗？

来自爱尔兰岛的那个凯丽。"

契弗婆婆走在前面领路。波西娅和朱力亚光脚淌在温

第五章 第二次拜访

暖的沼泽水里,每走一步就会发出扑哧扑哧的响声。波西娅心里想会不会冒出蛇来,然后又努力不去想。到处都是长了红翅膀的黑鹂,到处传来它们咯咯咯咯的叫声,抬头就能看见它们穿梭在芦苇枝头高歌。

"婆婆啊,我有点担心戈帕尔会不会出现在这里。"朱力亚紧张地说。

"没事,这儿很安全。戈帕尔在很远的地方,靠近的科林尼克劳岛那里才会出现。"

走着走着,芦苇丛越来越稀少。有一棵枯树站立在空旷地带,树干苍白枯劲,分叉的树枝上有一个用小树枝搭建的鸟巢。

"那棵树就预示着沼泽地的入口,"婆婆说,"你们看这里到处是泥炭藓,所以我们要走进真正的沼泽地了。"

波西娅从没有踩过像苔藓那样柔软的东西。"就好像踩在黏糊糊的牛奶上面。"她打了一个奇妙的比喻。

"牛奶会缩水,"朱力亚说,"所以更恰当地说,像踩在生奶油上面。"

银绿色的泥炭藓就像一张毯子,一踩到上面就会渗出水来,水的颜色很深,就像一杯香味浓郁的红茶。

"我敢说史前年代泥土的气味就应该是这样的。"朱力亚嗅了几下后说道。

"好吧,没有人会反驳你的啦。"波西娅说道。(她刚刚脚指头绊了一块树根。)

"没错,我料想也是这样。"朱力亚执著地说,"不过这气味里面可能也包含了恐龙身上的气味。那么会是什么样的恐龙呢?我想可能是鱼类吧。"

"我现在想到的,只有被雨打湿的雨衣,"波西娅说,"无数件淋湿的雨衣和雨鞋。"

走过一片狭叶山月桂后,就是沼泽地花园,里面开满了花。朱力亚和波西娅从来没见过这样的花园,花圃里什么也没有种。看起来完全出自大自然的造化。在这片平静的黑色沼泽水边上生长着表皮光亮的猪笼草,它的叶子就像一个茶壶,里面有液体和溺毙的昆虫,它酒红色的花朵就像暹罗国王御用的伞。

"这些是会吃昆虫的植物,"契弗婆婆说,"这边这株很小的植物叫茅膏菜,也会吃虫子。"

波西娅弯腰观察这株植物,看到它的叶子扁平呈圆形,能有效地捕获小虫子,叶片密布着晶莹剔透的"露珠"。这里还生长着其他不同种类的苔藓,有的看起来就像一片微型松树林,有的让波西娅觉得就像节日里人们提在手里的灯笼。

"别管这些啦,先来看看我种的兰花吧,我感到不要太骄傲噢。"契弗婆婆邀请孩子们过来看看。

第五章 第二次拜访

兰花非常漂亮,每朵花独立开放,没有叶片,它那耳朵状的粉色花朵就像小狐狸。

"它们看起来非常雅致,"契弗婆婆温柔地说道,"而且难得一见,每年春天我都担心它们不会绽放。不过很幸运,它们还是开放了。多么漂亮的兰花呀。"

"天呐,我还以为兰花是一个园艺品种,在花圃里培育出来的呢。原来它还长在野外。"

"而且兰花品种可多了。这里一棵叫红朱兰,那边一棵叫粉兰。再过去一点还有别的品种。你们一定要在夏天多来这里看看,"婆婆转过身,微笑地看着波西娅说,"今天我才知道有人来欣赏这个花园我是这么高兴!"

"这个花园真的很漂亮。不过这些兰花是怎么长在你希望看到的地方的呢?"

"兰花比较难养。我逛遍了沼泽地,每当看到开花的植物就会在旁边插一根木棍做记号(品达给我砍了好多根木棍,然后涂上红颜料,方便我找到。)直到霜冻了以后,我才去挖这些植物,把木棍旁边的泥土挖出来(并且期望种球也在里面),然后把它们种到自己的花园里。有的没有长出兰花来,但大多数都成活了。我哥哥还夸我在沼泽里种花很有一手。"

朱力亚正走在不远处的泥浆里,突然发出一声叹息,"唉!"

"怎么了?"

"太不走运了,我刚看到一只蝴蝶,很想捉住它,但是我把捕蝶装备都放在佩顿爷爷家里了,唉!"朱力亚遗憾地叹气道。

"你是说那只黄铜色的小家伙吗?在这里有很多这种蝴蝶呢,你以后可以多来这里玩。"婆婆安慰道。

"哈哈,我们计划每天都过来玩,婆婆。"波西娅很肯定地说。

忽然,有一阵海螺声越过高高的芦苇丛,来到这里。"看样子品达已经饿了,孩子们,我们回去吧。"婆婆说。

婆婆穿的深色裙子的褶边都浸湿了,不过她一点也没在意。"老年人容易得风湿,"婆婆说话的时候,浸湿的裙摆不停拍打在她的脚后跟上,"但我觉得老人恰恰需要这种潮湿的环境,我哥哥和我就是活生生的例子,因为我们生活在这里这么久都没有得风湿。"

此时,蠓虫在空中穿梭,蚊子的嗡嗡声令人厌烦,它们疯狂地扑上来,但在闻到驱蚊药剂的气味后又灰溜溜地跑了。一只苍鹭发出一阵奇怪的叫声,然后也飞走了,远远地消失在天边。

契弗婆婆的厨房干净整洁。佩顿爷爷坐在窗边的椅子上，正在看一份年代久远的报纸。"看过去的新闻总让我感到宽慰，"爷爷说，"因为这让我觉得时间都过去那么久了，我还活得好好的。"

他们四个人围坐在餐桌旁边，放在中间的玻璃罩子下面的是一个巧克力蛋糕。朱力亚很开心地（波西娅也是如此）看着蛋糕，这是一个三层蛋糕，糖霜都有两厘米厚。

"我一直以来都想做一个软糖蛋糕，"契弗婆婆说，"厚厚的，就像墨西哥造的土坯房那样坚实。孩子们快过来，在水龙头下洗洗手，洗掉驱蚊药水，它的味道可难闻了。"

他们坐在一起边喝茶边吃超级大蛋糕，朱力亚忽然想起了一件很需要搞清楚的事情。

"爷爷，"朱力亚很礼貌地对爷爷说，"您现在可不可以给我们讲一讲贤者之石的故事呀？"

"哈哈，"爷爷面带微笑，轻轻地用锦缎餐巾擦了擦胡须，然后说道，"让我先点燃烟斗。明尼，我能在这里抽烟斗吗？这样我讲故事就更有兴致了。"

第六章　小刀和钮扣钩

"这还得从很久很久以前说起,"爷爷边说边抽了一口烟。看到烟头成功点燃后,爷爷继续说道,"那是很久以前的故事,发生在恐龙灭绝后不久。"(肯定没有那么久远,爷爷肯定是用了夸张手法,波西娅心想。)

"塔里戈湖以前是一座繁忙的夏季度假区,虽然来这定居的人不多,但却是一片欣欣向荣的景象。每幢房子都有人居住,而且每户家庭除了布雷斯-吉迪翁一家外都有小孩。人们养了哈巴狗和猫,花园十分精致漂亮,草坪经常被修剪,人们互帮互助。人们经常在后门游廊上用冰淇淋机做冰淇淋,经常打网球,玩槌球。湖水微微拍打着湖岸,这

第六章 小刀和钮扣钩

是不是勾起了你的回忆呢,明尼?"

"是啊,太想念了,"婆婆一边搅动茶杯,一边微笑,"那些日子实在是太充实、太快乐了,每一分钟都是那么怀念啊。"

"塔克唐一家是我们最好的朋友,他们有五个孩子。塔尔克是长子,我们都叫他塔克。虽然他比我大三岁,但我和他是最亲密的朋友。他的妹妹贝比-贝尔是明尼最要好的闺蜜。"

"嗯,她真名其实叫卡普莱雅,"婆婆说,"不过大家都叫她贝比-贝尔。她的大姐姐是奥克塔维亚·卡珊德拉,妹妹叫奥里埃拉·李,弟弟叫汉尼拔。"

"他们的名字取得都很复杂。"爷爷说。

"阿品,要这样说的话,我们家的名字也都很拗口,也好不到哪去呀。比如像明尼哈哈·奥古斯塔、品达·裴雷格伦、珀尔塞福涅、珀利娜娅、亚历桑德拉·曼福德·莱昂内尔,这些都是我们家人的名字。确实很复杂,不过大家都叫我们小明、阿品、珀西、波莉、莱克斯。我就不再打岔了,阿品你继续讲下去。"

"嗯,我和塔克·塔克唐对周围几公里内的地方都很熟悉,每个夏天我们都会一起出去玩。我们知道哪个泥沼里的白鲑和银色小鱼最多,我们也知道在哪条河里可以抓到鲶鱼和白斑梭鱼。当然,有些湖其实很适合去钓鱼,但我们就是喜欢瞎逛。我们知道哪里有洞穴，哪片草地有凶狠的公牛，哪个农场最容易采摘到甜瓜。哦，我差点忘了，我们还知道一块地方，雨后就会冒出很多慈菇。我们还知道一座悬崖，岩石里面有鱼类化石。"

"天呐，还有鱼类化石！"朱力亚惊喜地大喊。

"不过很可惜啊，现在早没了，"爷爷说，"被炸平了，铺了公路，埃索加油站就建在那个被炸平的地方。"

"太可惜了。"朱力亚说。

"还有原来采摘慈菇的那块地方，后来就被掩埋在卡塔帕街下面，波克渡口金狮俱乐部的正下方。"

"唉，好可惜啊。"朱力亚又一次叹息。

"是啊，我前面也讲过我们对这里的一切都了如指掌，不过呢在这里总会有新的发现，所以我们总是乐此不疲地去探索这里的新事物。"

"您讲的话也让我深有同感。"朱力亚说。

"比如说，有一次我们走过一个山脊，那个地方我们已经不知道经过了多少次，但那天走到一块开阔地带的时候，发现中央有一块很圆的鹅卵石。"

"贤者之石！"朱力亚和波西娅异口同声说道。

"是的。不过那时候我们还没有给它取这个名字。最初发现它的时候，我们都非常吃惊，因为一块这样大的石

第六章 小刀和钮扣钩

头躺在那里却被我们无数次错过。塔克还怀疑这是一块陨石。'它可能是在我们上次经过这里后,冲破大气层落在这里的。'他这样说。"

"'我觉得不太可能。'我对他说,'你看上面都已经长蕨类植物和苔藓了。'这一次我总算是比他机智。"

"我一开始也觉得这可能是一块陨石,"波西娅也承认说,"不过我很快就改变了主意。"

"你才不会改变主意呢,除非我告诉你答案。"朱力亚说。

"不论怎么看,这块石头的样子都非常奇怪,"爷爷说,"所以我们绕着它琢磨了几圈,还爬了上去。塔克说'我们还是暂时不要把这件事说出去吧。我们可以在这个地方开秘密会议,或者做其他事情。'我当然表示同意了。所以那一年和第二年夏天,我们只要想起来就会相约到那里会面。这也就是说,我们没有大摇大摆地走过去,而是分别走两条路,避开其他人,偷偷摸摸地从塔里戈湖出发,这样我们才算得上是在参加一个秘密会议。我们在那里会面后做的第一件事就是爬上这块石头,然后把从家里偷偷带来的食物全部吃光。我也不知道我们当时为什么一定要做这件事,要是知道就好了。那个时候我们吃饭非常悠然自得,就像牛那样,一切都很合我们心意。吃完东西后,我们想玩什么游戏就玩什么。有的时候，我们会把那块大圆石当作战船。还有的时候，我们把它当作遭受休伦人进攻的栅栏。我们还经常把它看作汉尼拔将军的战象，并管它叫塔斯克。有时我们索性就躺在上面剥石榴石，或者观看蚂蚁爬行。"

"那些蚂蚁的子孙还住在那里呢？"波西娅说，"我们昨天就误食了几只蚂蚁。"

"被我们吃掉的蚂蚁那才叫多呢，"爷爷说，"不过它们和其他东西一样，都很适合我们。那两个夏天真是难忘啊。不过在第三个夏天，第三个六月份，当所有家庭回到塔里戈湖时，我发现塔克有点不一样。他去了很远的东部上学，那时我才十岁，他十三岁。这点年龄差距对于小朋友来说可能会带来一些不一样。他从小就比我高，但那一年足足高出了我七公分，他看起来又高又瘦，而我站在他旁边就像一直矮胖的土拨鼠。他的说话语气也变了，讲话慢慢吞吞，十分傲慢，还一直穿着鞋子。他还带来了一个朋友，让我好好想一下那个朋友叫什么名字，噢想起来了，他叫爱德华·克利夫兰·贝利。他个子也很高，说话也慢条斯理的。在那之前和之后，我都没有被那样疏远过。有一天我正要去贝莱米尔钓鱼，我把鱼竿扛在肩上，虫子装在管子里。'你想一起去钓鱼吗？'我问塔克。他坐在门廊的栏杆

第六章 小刀和钮扣钩

上,晃动一条腿。'你管这也叫钓鱼吗? 白鲑、瓜仁太阳鱼、蓝鳃太阳鱼有什么好钓的。'他这样说,'要我说,你有空应该去大一些的河里钓鱼,钓钓王鱼什么的,那才刺激呢,你说是不是,爱德?'"

"'你说的王鱼又是什么? 大一些的河又是指哪里?'我问道,'就在这附近一带的河里吗?'"

"'怎么可能在这一带,他说的是湾流,'爱德华·贝利说,'在太平洋佛罗里达海岸。在那可以钓到王鱼。'"

"'哦,原来是这样。'我说道。不过我还是不知道王鱼是什么样的,但已经不想再问下去了。"

"'圣诞节放假的时候,我们坐在爱德老爸的游艇上钓鱼。我觉得那样才能叫钓鱼呢。'塔克说。"

"'什么游艇?'我脱口而出。"

"'游艇就是一种船,'爱德慢条斯理而又傲慢地说。他躺在吊床上,琢磨自己的鞋底,好像要看出个究竟来。这一幕我印象非常深。'游艇就是一种船,'他说,'船可以开在水面上,如果船非常大的话你就可以住在上面,我爸爸的船非常大,有二十五米长,名字叫尼亚德。我们在上面度过了一段非常美好的时间,是不是,塔克? 还记得柯顿·范德普尔开船那一次吗?'"

"塔克大笑起来,接着两人只管哈哈大笑,都懒得和我解释那个笑话。我就偷偷溜走了，后来也就没去钓鱼。他们好像对白鲑没有兴趣，我感到很孤独失落，我从未有过这种感觉，我记得当时难过得连胃都有些难受。"

"之后我郁闷了一阵子，后来也就不再去找他们。幸运的是，我还有其他朋友。我其实还有一大群小伙伴，巴尼·德莱尼就是我在塔里戈湖第二要好的朋友。一天我决定带他去看看树林里的那块大圆石，塔克估计早就淡忘了那处秘密场所。于是在一个灰蒙蒙的阴雨天，我对巴尼说，'我想给你看一样你从来没见过的东西。它是一个你从没去过的地方，我们去那里野餐吧。'他一口答应了，于是我们马上出发，穿过石南树和榛树，一路长途跋涉和四处摸索后，终于到达了那块大石头所在的林间空地。但我们看到塔克和爱德华·贝利正坐在那块大石头上吃午餐。"

"'巴尼，和我一起上去，'我一边攀爬那块石头一边对他说，'上面有多余的地方，我们也可以坐在上面。'"

"'不，你们不能上来，阿品。'塔克吃了满满一大口食物后对我说，'小孩子不可以上来玩。'"

"小孩子！这真是太小瞧我和巴尼了。"

"'这里是哲学家俱乐部的总部，'爱德华说，'所有人都要等十三岁以后才能成为哲学家，你们也不例外。'"

"我不知道哲学家是一种动物还是一条鱼，反正巴尼

第六章 小刀和钮扣钩

肯定不是。"

"'瞧,那是我们做的标记。'塔克手里拿着三明治指着说,我清楚看到石头上刻着一行字:贤者之石。"

"'什么是贤者之石啊?'巴尼问。"

"'这只有我们能懂,你们只适合慢慢去理解。'塔克很有礼貌地说。"

"'去理解什么?'巴尼追问。"

"爱德听了后用充满震惊的语气说,'你是说你们竟然读不懂拉丁文?都什么年代了啊,而且你们已经这么大。要想成为哲学家就必须要懂拉丁文。'"

"'上面刻的字意味着这块石头已经是属于我们的,它不是你们的,'塔克对我说,'我们已经先声明了。'"

"'胡说!'我反驳说,'它是我们共同拥有的,因为我们是在同一天一起发现它的。塔克,你不能独占这块石头。'"

"'但是是我和爱德先声明拥有它的,'塔克很淡定地慢慢说,'所以等你们长大一些,到了可以当一名哲学家的年纪后,说不定就可以和我们一起共享这块石头。'"

"听罢我怒火中烧,要不是巴尼头脑冷静,制止了我的话,说不定我就已经破口大骂,一拳打向塔克,一脚踢向爱德了。"

"'呵呵，此地不留爷，自有留爷处。'巴尼说，'你们就和这块蠢石头待着吧。阿品我们走，我知道一个很好玩的地方。'"

"他真的知道一个很好玩的地方吗？"波西娅插话说。

"没有，他是故意这样说的。最后我们去了墓地那块地方，十分扫兴，然后在荨麻草和野玫瑰的包围下吃午饭。我再次感到一阵反胃，不过我记得当时食欲倒是没有受到一丝影响。"

"回家后我就翻字典找哲学家的意思，上面说哲学家是学识丰富的人，面对生活百态都能平淡处之。这样的评价真的非常高，但是根据我的了解，塔克还有爱德都不符合这样的描述。然后我还想查贤者之石，但是没有找到。"

"不过我转念一想，我爸爸给我们取了那么深奥的名字，比如像珀尔塞福涅和珀利娜娅，那就说明他一定学识丰富，可以告诉我答案。所以吃过晚饭后，我就走进爸爸的书房想请教他。他正在写信，我刚说了声'爸爸'，他就举起戴戒指的那只手说，'你在这里稍微等一会儿。'我看着他继续写信，慢慢等。对了明尼，我们的老爸真的很英俊，对不对？"

"当然了，他还长了非常漂亮的胡子呢，"婆婆说，"金

第六章 小刀和钮扣钩

黄色的。他下巴上的胡须往两边梳理,就像一对翅膀那样,上唇的胡子也朝两方向梳理,就像一对小翅膀。这种胡子现在已经看不到了,没有人会这样打理。"

爷爷的烟斗又出了点故障,所以他重新点上烟斗,"这玩意也要时刻给予它们关注,要像对待婴儿和雌珍珠鸡那样。"他又吸了一口烟,然后说,"呃,后来我爸终于写好了,把笔放下问我,'有什么事吗?'"

"'我想问一下,什么叫贤者之石呀?'我说。"

"他解释说古代炼金术士相信世界上存在一种石头,能够把任何金属变成黄金,它就叫作贤者之石。'儿子,你怎么突然问这个问题呀?'他说,'你是不是在书上看到的?'"

"'不,是在一块石头上看到的,爸爸。'然后我把整个故事全讲给了他听。"

"'哦,这样啊,'他说,'所以说塔克现在是哲学家咯?不过他去年不还是一个牧童吗?'"

"我问爸爸一个人几岁以后才能成为哲学家,他说,'这也不好说,但十三岁是起码的。我看过一些小孩子,他们就很聪慧。我见过一些奶牛,它们也可以称得上是哲学家。卡瑞·卡斯特的叔叔帕迪教授就是一名学有所成的智者,那个扫马路的本·盖特威爷爷就是一位无师自通的智者。儿子,现在把你的小刀拿出来给我看看。'我没想到他竟会提出这个要求,他把我的小刀放在书桌上,旁边是客户送给他的那把黄金小刀。'大小几乎一样,'他点头说,'差不多大小,我想巴尼应该有纽扣钩吧?'"

"'应该有吧,但要来做什么?'我有点摸不清爸爸的意图。"

"'儿子,听好了,我有了一个恶作剧,'他说,'它完全没什么危害,只是一个玩笑,我想让你和巴尼去玩这个恶作剧。'"

"所以我和巴尼做了充分准备,每天竖起耳朵打听塔克和爱德的消息,终于有一天听说他们要去那块石头那里野餐。"

"'巴尼,快点,'我说,'时间不等人,快拿上你的装备,我去拿我的装备,我们马上出发!'"

"我认识一条捷径,所以我和巴尼很快就走进了树林,匆匆赶路。我身上带了两把小刀,巴尼带了两把——"

"纽扣钩!"朱力亚大喊道,"它也是黄金的吗?"

"你猜得没错。"爷爷说,"那把纽扣钩是我从妈妈的梳妆台上拿过来的,它是布莱斯-吉迪翁女士送给妈妈的生日礼物——"

"妈妈从来没喜欢过那把纽扣钩,"婆婆说,"她说过

第六章 小刀和钮扣钩

随便什么金器都要比黄金纽扣钩好。"

"是的,不过那天倒是派上用场了。"爷爷说,"所以我们到了那里后,就爬了上去等他们来。等他们过来时,我们正低头卖力地挖石榴石。巴尼用石头敲击纽扣钩的末端,把它当作螺丝起子一样使用,虽然不顺手但也是没办法。因为在我们家里的珠宝中,只有纽扣钩是纯金的。"

"他们看起来气坏了。'我上次不是跟你们说过了吗?'塔克话还没说完,我就打断说——"

"'再等一会儿,'我对塔克说,'就一会儿。我给我妹妹挖出这块石榴石后就走。'"

"'但是这些石榴石都是我们的,'爱德十分生气地大喊道。我想我还是尽快把爸爸教给我的戏法表演一下,免得他把我推下去。我很利索地收起那把普通小刀,然后迅速拿出那把黄金小刀。"

"另外我的表情动作也十分到位。'金子!'我瞪大眼睛大喊,用双手捧着小刀,'伙计们,我的小刀变成黄金啦!太神奇啦,简直难以置信!'"

"'你究竟在喊些什么啊?'爱德说。然后他走了过来,不看不知道,一看吓一跳,他的眼睛一下子瞪得就和铜铃一样大。"

"'金子!'他脱口而出,'塔克,快过来看,这真的是金子！'"

"他们都呆住了,所以巴尼可以轻松地把口袋里的黄金纽扣钩拿出来,替换普通的那把,根本就不需要考验手速。然后他也大叫起来。"

"'金子！'他大喊,'这是怎么回事啊？阿品,我的纽扣钩也变成了金子！'"

"我可以很肯定地说,那两个小子简直是吓坏了。吓得都呆住了。"

"'这就是贤者之石啊！'塔克用一种敬畏的语气,轻声说道,'我们找到了,我们终于找到它了！'"

"我看了一眼巴尼,然后移开了视线,因为他看上去就是一个典型的想要强忍住不笑的样子。"

"'我们发财了,我们要出名了,伙计。'塔克说。爱德首先回过神来,命令我们说,'快把那把刀和纽扣钩还给我们,因为是我们的石头把它们变成黄金的,所以它们也是属于我们的。你们不可以——'"

"'你不要忘了,这是我们的小刀和纽扣钩,'我说,'我们也没想过要让它们变成金子,所以如果你们想要变,就用自己的小刀和纽扣钩去变。'"

"塔克早就用自己的折叠小刀在岩石表面乱刮,他看起来很生气。'这是个骗局！'他说,'我的小刀根本就没有反应。'"

"我和巴尼打算要走了，临走之前巴尼说，'伙计们，我们足足刮了一个小时才有那样的奇迹。所以如果你们也想要的话，那就耐心刮下去吧。'"

"最后我和巴尼得意洋洋地回去了，回过头只看到他们趴在那块石头上无助地刮来刮去，真是太解气了！"

"我觉得这有点坏心眼，"婆婆说，"这是一个坏心眼恶作剧吧。"

"呃，明尼，不过这可是爸爸的主意呢。"爷爷说。波西娅忽然感到，爷爷虽然看上去很绅士，但通过这件事可以看出他小时候也是比较皮的吧。

"要我说的话，他们是活该。"朱力亚说。

"唉，男孩嘛，"婆婆说，"他们都是玩在一起的。"

"可后来怎么样了呢？"波西娅问道。她从不觉得故事真的可以有一个结局，所以老想知道后面发生了什么。童话故事里的王子和公主"从此幸福地生活在一起"，但是波西娅还想知道他们后来生了几个孩子，孩子的名字叫什么，老巫婆有没有再次变身。

"后来嘛，"爷爷看了看已经抽完的烟斗说，"我们就是十分低调，一点也不张扬。我们想静静，暂时避开渴望点石成金的塔克和爱德。后来没过多久，爱德便回去了，塔克还跑过来找我了。话说我当时还真有点担心。"

"不担心才怪呢。"婆婆语气肯定地说。

"但是塔克的态度比较友好,"爷爷说,"他过来对我说,'阿品,你们真的是把我们耍得太惨了,我们恼火了好几天,但是我想这是我们罪有应得的,我想和你和好,好吗?'"

"所以我们又和好了,后来我和他又去了石头那里。他带上了锤子和凿子,在石头上面刻上了塔克和品达。"

"我觉得你们还应该把巴尼的名字也刻上去的。"婆婆说。

"呃,其实我们压根也没想到,"爷爷坦诚地说,他脸上又泛起了少年时的笑,"不过我们还是好朋友,现在依然是,"爷爷补充说,"我们一直保持着通信。塔克住在新加坡,做进口生意。巴尼住在波士顿,是一名法官,现在还没退休。"

爷爷走向门口,打开纱门,然后探出身体,在走廊的围栏上面敲击烟斗。

有一大半蛋糕都被我们吃光了,茶水壶已经冰凉。波西娅把盘子和杯子拿到了水槽里。

"孩子们,你们猜猜我还想为你们做点什么?"婆婆一边说一边系上另外一条围裙。"阿品,你知道我想给他们做什么吗?"她很夸张地暂停了一会。"一个房子,"她说,"这里有很多老房子,但都没有人住,只有蝙蝠和鸟儿常来光顾,而且有几幢房子还很安全。你们来挑选一幢安全的房子,作为活动室吧,还可以把你们的朋友也叫来。啊,阿品,如果这里还能再次响起孩子们的欢笑声那该多好啊!不过,他们可能对这个主意不太感兴趣。"婆婆看着他们,有点犹豫地说道。

波西娅正把擦盘巾挂到钩子上去,听到奶奶的话后大喊,"奶奶,这个主意太棒了!简直是太棒了!"

朱力亚说,"这真是太好了!"

第七章　贝雷米尔

在爷爷讲故事的时候，天空飘来了云朵。他们出门后看见天空由黄绿色变成了灰白色。芦苇在风中摇晃着脑袋，似一抹柔和的浅蓝色。

"现在还下不起雨来，"爷爷看着天空说道，"但到晚上十一点，十二点左右就会下雨。这雨来得很是时候，对花园和沼泽都很有益。"

"我哥哥预报天气非常准，"婆婆说，"他从来没有预测错。"

"这是我通过观察沼泽了解到的。"爷爷说，"因为像我们这样生活在与世隔绝的地方，用不着和人打交道，所

第七章 贝雷米尔

以只要细心的话,就会慢慢了解天气的性格。天气也有脾气的,而且有很多。"

他们前后相随向前进发。

"那幢房子很不错,"爷爷用拐杖指着说,"是德莱尼家的,不过台阶下面住着牛蛇,我还觉得地下室还有耗子——"

"不了,我还是不要那幢房子了。"波西娅婉拒。

"卡斯特家的房子已经是一片废墟了,再前面那幢连屋顶都没了,大房子状况也十分差,或许塔克唐家的房子还能使用。"

"我们过去瞧瞧。"

贝雷米尔家前院的杂草都已经长到了手腕的高度,老房子若隐若现站在杂草堆里,破败不堪。(看起来一点也不好玩,波西娅心想。)

前门由于多年废弃不用,加上潮湿的侵袭,已经和门框融为一体了,所以他们就从窗口爬了进去。那扇窗连窗框都已经没有了,他们落脚的房间又大又昏暗,地上都是掉落下来的石膏,十分脏乱,毒菌也长了很多,在昏暗中泛着微光。

波西娅指着面前的墙壁大声尖叫,她本以为撞见了一群鬼魅,冷静一看才发现原来是他们自己的镜像。原来墙壁上有一块非常大的镜子。

"我还以为是别人,没想到是我们自己,"波西娅解释说,"太模糊和诡异了,所以我没看清楚。"

"不过我也吓了一跳呢,"婆婆说,"虽然我知道那里确实有一块镜子。那可是拉夫纳尔女士的古董镜子,她是贝雷米尔家的继母,结婚后就把这面镜子装了上去。你看镜子都已经锈迹斑斑了,房间太潮湿了,连镜框都已经变黑了。"

镜子看起来就像是看着长满浮萍的湖面,波西娅很喜欢自己在这面镜子中的形象,她看到自己的脸庞是那么柔和、朦胧、神秘。

"你们快看天花板上,那本来是一只非常漂亮的煤气吊灯,"爷爷在空中挥舞着拐杖说,"你们想知道它为什么会是现在这个样子吗?"

"肯定是掠夺者干的,"婆婆说,"他们曾在这里卷走了好多好东西。"

孩子们现在已经适应了室内昏暗的光线,他们在壁纸已经脱落的墙壁上看到了手写的名字和日期,到处都是。红木楼梯栏杆上也都是刻了名字。

"他们以前常在这里刻下名字什么的,"婆婆说,"不过现在已经不来了,因为我和我哥哥住在这里了。也可能是因为他们怕我是一个巫婆吧。"婆婆整理了一下钟形的帽子,自豪地说。

第七章 贝雷米尔

"明尼其实很希望自己在那些人眼中是一个危险的角色,"爷爷哈哈大笑,"但事实上,她和鸽子那样温和。这些楼梯要小心些,波西娅,朱力亚,注意脚下。如果你想用这幢房子的话,我建议你修补一下踏板,我会把工具借给你,朱力亚。明尼,扶住栏杆,抓稳了。"

"阿品,不用,我可健朗了。"婆婆竟然没有扶栏杆,只是提着自己的裙子,以免踩到,"不过,我希望你别叫我明尼。叫我阿明我忍忍也就算了,叫什么明尼啊。唉,明尼哈哈这个名字真不好。"

"我也是深有同感,"波西娅温和地说,"别人老是叫我波什,太讨厌啦。"

"但我不会这样叫你的,肯定不会。"婆婆声明。

走上二楼大厅后,爷爷走在最前面,时不时地用靴子跺地板,还提醒大家走路小心。"很安全,这个地板没有什么危险。"爷爷说,"然而屋顶虽然完好无损,但还是小心为上,我已经好几十年没上这里来过了。"

连接着大厅的几个房间十分昏暗,而且空空荡荡的。黄蜂的巢穴建在房梁上。房间里什么家具都没有,只有一个破碎的盥洗台和两张铁床架。灰泥掉落得满地都是。房间里能清楚地感觉到十分潮湿。

"那就是塔克的房间。"爷爷站在门道上望过去说,"天哪,我竟然还记得里面的样子,墙壁上都是地图,天花板上画着夏季星空图。到现在还能看到一些蓝色和金色的颜料没有褪色,塔克曾经花了很长一段时间画这幅星空图,他拿了两把梯子,然后上面横一块木板,他就躺在上面画。'米开朗基罗也是这样在西斯廷教堂里画壁画的。'他说。为了画这张图,他可以说全身都是颜料,头发上和眉毛上都是。'我还咽下了不少颜料呢,'他说,'因为我专心画画的时候就会张开嘴巴。'幸运的是这东西没毒,不过事后很长一段时间里他的消化道都是淡蓝色的。"

"我还记得他那些蓝色的眉毛,"婆婆在大厅里边走边说,"别提多难看了。那边最里面一间房就是贝比-贝尔的。"婆婆想要开门,"啊呀,门卡住了,阿品,看看你有没有办法打开——"

爷爷和朱力亚用肩膀猛撞房门,一下子就撞开了。婆婆和波西娅跟着走了进去。

"这个房间真不错。"波西娅说。这个房间确实很不错,光线明亮,空间宽敞,三扇窗一个壁炉。而且房间朝阳,被锁了很长一段时间,明显比其他房间干燥,这里也没有黄蜂入住,不过从壁炉上可以看出,烟囱里是有燕子筑巢的。

波西娅毫不犹豫地走向一个紧闭的衣柜,然后打开门。那扇门和其他门一样,一开始都很不愿意张开,十分抵

第七章 贝雷米尔

制外力的介入,最后它狠狠地撞到了波西娅的额头上面。

"啊,疼死了。"波西娅大叫,"天哪,快来看呀,婆婆快来看看,这里面都是什么呀。"

婆婆戴上了眼镜,好看个清楚。"噢,我知道了,这些都是贝比贝尔的洋娃娃。"她伸手取下一个娃娃,它已经破得不行了,假发都已经掉了。这个娃娃的眼睛以前是可以闭合的,但现在只剩一堆深陷在眼窝里啦,这就像这里的门那样,卡住不能动了。不过这个娃娃蓝色的眼睛透露出一股坚定的目光。

"科林西亚,"婆婆思考了一下,看着娃娃黄色的衬裙和有缺口的拖鞋说,"它就是科林西亚·卡普莱雅·塔克唐,卡普莱雅代表的是贝比-贝尔。我亲自给这个洋娃娃取了这个名字,没想到五十年后还能再见到它。有些事我到现在都还记得非常清楚。"

"真是好长一段时间了,世事变迁,"波西娅说,"那么婆婆,另外几个洋娃娃能不能给我们讲一讲,咦,就那个,头上有一块包头巾的娃娃有什么故事呢?"

"噢,它叫拉维尼亚·卢卡丝塔,"婆婆说,"也是我取的名字。"

"在这里就连洋娃娃都取了一些非同一般的名字。"爷爷打趣说。

"但是为什么不是贝比-贝尔取名字呢?"波西娅疑惑地问,"说到洋娃娃我最喜欢的一件事就是给它们取名字,当然我说的是在我小时候。"她看着朱力亚说道。

"噢,那是因为我是这些可怜的洋娃娃的教母呀。这个娃娃是来自法国的,所以我就叫它尼科莱特,全名叫尼科莱特·米歇尔。天哪,想起这些早以为记不起来的事情真是神奇啊。这个娃娃是布莱斯-吉迪翁女士送给贝比-贝尔的十岁生日礼物。我记得贝比当时打开礼物盒的时候说,'哼!又一个洋娃娃啊,我不想要,我宁愿要一只豚鼠,或者BB手枪,嚼烟什么的。'(当然,她只是说说而已。)不过她是真的不喜欢洋娃娃,非常讨厌它们。所以贝比就把它们全都硬塞在一个柜子里面。我以前常常和这些娃娃玩耍,带它们去看我的洋娃娃,我想这样它们就不会感到孤单吧。"

头顶的阁楼里传来一阵脚步声和几声低语。显然,爷爷和朱力亚对洋娃娃的兴趣都十分有限。

"可怜的塔克唐夫人,"婆婆继续说,"她是一位娇小而又喜好香水的女士,贝比十岁的时候就高过她了,穿的鞋子也比她大两号,她肯定是遗传了塔克唐先生的基因。我是说塔克唐夫人非常爱她,只是贝比身材要高大很多,还是个假小子。她从来不扎马尾辫,而是一年四季都扎两个

第七章 贝雷米尔

大辫子。她平时要么爬树,要么爬上屋顶,要不就是骑在矮种马背上。当然了,我也喜欢这些活动,不过我不像贝比那么野,那么不害怕受伤和弄脏。"

朱力亚急匆匆地从阁楼上面下来,婆婆还没继续说下去就被他打断了。爷爷下来的步伐更加平缓。

"波什,阁楼很干净。"朱力亚大喊,"很适合当我们的总部。上面有很多椅子和行李箱,看出去的视野也很广阔。快上去看看吧!风景很棒。"

波西娅跟在朱力亚后面,走上陡峭的开敞式楼梯,她的视线先是与地板齐平,看到了许多椅子腿和陶瓷洗水盆的图纹,以及一排熨斗。走上阁楼后,她看见有点驼背的衣箱和结实得就像一根水泥柱那样的烟囱,倾斜的天花板上安装着天窗。从天窗望出去,风景确实不错,这和朱力亚讲的一模一样。朝西边看,可以看到沼泽地和科林尼克劳岛上黑色的沉船,远处是茂密的树林。朝东边看,可以看到贝雷米尔家破败的马厩和花房,而远处的树林则更加茂盛。朝南边看,可以看见杂乱不堪的破房子残骸,以及契弗婆婆养的几只鸡。然而阁楼背面并没有天窗,只有一堵褐色的木墙,上面有一些用白粉笔写的名字和日期。

"那些是塔克唐家孩子的身高增长记录,"婆婆边看边说,"你没看,1887年小贝比只有这么高,但到了1900年却那么高了。不过令大家都吃惊的是,她长大后变成了一个典型的吉布森女孩。后来她嫁给了一个伯爵,搬到了意大利生活。"

"快看这里,明尼,"爷爷的话一下子打断了契弗婆婆的遐想。"这里椅子和洗脸盆倒是挺充足的,可是这两个可怜的孩子还缺少一张大桌子呀。大房子里面还有没有多余的桌子呢?还是说它们都已经搬到你的客厅里了?"

"已经没有啦,虽然大房子里还有几张桌子,甚至还有窗帘和地毯,但是地毯一直以来都是蛾子喜欢待的地方,不过颜色还挺鲜艳的——"

"啊,我可是非常喜欢修补东西的呢!"波西娅热情地说,"而且我很高兴楼下的环境那么阴暗恐怖,因为这更加衬托出阁楼是那么美好,这种反差十分迷人。"

"就让我们把这里当作总部吧,波什。"朱力亚大声说,"我们可以把这里好好修理一下,然后再邀请一些小伙伴一起过来玩。可以叫上乔伊·菲尔德、汤姆·帕克斯,等等。"

"而且我们还可以叫上一些女孩过来。这里肯定可以找到一些女孩的。我们该给这个俱乐部取什么名字呢?贝雷米尔俱乐部怎么样?"

"我觉得不太合适,因为这听起来更像高尔夫俱乐部什么的,而且太成熟了点,为什么不叫它哲学家俱乐部呢?即便我们现在不是,而且将来可能也成为不了哲学家,但为什么不取这个名字呢?"

"说得好,那就这样叫吧,小朱。"

当朱力亚和波西娅转头看向品达爷爷时,他们看到爷爷脸上露出满意的笑容。

第八章　俱乐部

品达爷爷的天气预报非常准确,波西娅深夜里醒了一会儿,听到雨下得很急促。她心想,真不错,下雨的时候很适合睡觉。

早上起床时雨还在下,这会她就没那么高兴了。波西娅心里很犯愁,这样的天气该怎么到消失的湖呀。但是她心里很清楚,一定可以到那里去的。

穿好衣服后,波西娅望向窗外,看着母鸽子。她好想给它披上一件雨衣呀。她一下楼就看见西索站在纱门外边,看起来很生气的样子。虽然昨晚在谷仓里是抓到了很多老鼠,但是今天下雨它都不好出门了。

第八章 俱乐部

"嘿,请你不要怪我咯,"波西娅打开门说,"我也不喜欢这天气。"

天色昏暗,希达姑姑在厨房里都开了灯。"肉桂面包。"福斯特满嘴食物,抬起头支吾一声说。也许这个早餐还算美好吧。

戴维·盖森早就到了,他也在帮忙吃光早饭。杰克叔叔早上喜欢保持安静,他正在安静地喝咖啡。朱力亚早早就吃完了早餐,楼上房间里传来他的喧哗声。

"福斯,快点,快点发射!我已经穿过了。"戴维大喊,"我们去你房间里,造点什么东西吧。我还带上了榔头呢!"福斯特加快脚步,他们噔噔蹬走上了楼梯。

"看来要给楼梯铺上地毯了,又厚又好的地毯。"希达姑姑果断地说。

杰克叔叔叹气说道,"下雨天对小男孩影响很大的,就像浓咖啡、肾上腺素和鼻烟那样强烈。一到雨天他们会变得非常野非常皮,一点也不消停。希达,你等会有的受了,好可怜呀。"

"哈,问题不大。"姑姑给了一个吻别,"我等会儿在耳朵里塞上棉花就行了,然后就去用吸尘器打扫卫生。"

波西娅在给福斯特叠被子的时候,不由得在心里想真是太吵啦。(福斯特坚持要睡上铺,而上铺叠被子比较困难。)希达姑姑在楼下用吸尘器做卫生,也是调到了最大马力。福斯特和戴维在用榔头敲敲捶捶,一边还在争论什么。朱力亚把唱机调到最响音量,企图掩盖其他噪声,他在听基耶·斯威特中尉的歌。

波西娅忍受不了噪声就去了阁楼,坐在皮箱的怀抱中,看一本非常棒的书——《呼啸山庄》。西索也上来了,然后就在波西娅身旁睡着了。

正当孩子们吃完午饭洗碟子的时候,朱力亚很郑重其事地低声说,"听着,下午我们一定要去消失的湖,我们一定要把俱乐部办起来。"

"啊,我就知道你会这样说。"波西娅非常认真地说,就好像一分钟也不能浪费,就好像一小时后他们就会走在汽车呼啸而过的公路上那样。朱力亚和波西娅穿着橡胶靴,在泥泞的土地上前进。雨水从波西娅脸上流下去,她伸出舌头舔了一下嘴唇上的雨滴,味道淡淡的。

穿越榛树丛十分不愉快,他们的袖子口和脖子都被潮湿的树枝打到,有时树枝还会伸进他们的鼻子里。他们走在马路上,微风吹过树梢,枝头的雨滴就会掉落下来。没过多久,朱力亚就停了下来说,"波什,你听。"

"我早就听见了,青蛙的叫声非常清脆呢。"波西娅说,"大概沼泽里的青蛙非常非常多吧。"

第八章 俱乐部

"比起鸟鸣声,我更喜欢青蛙的叫声,"朱力亚说,"因为青蛙叫起来都是一个腔调。"

他们看到斜风细雨吹打过沼泽地也泛起了涟漪。雨水的浸泡使得破败的房子发黑。

"这些房子看上去确实非常阴森,"波西娅说,"好在真实情况并不如此。"

结果品达爷爷不在家里,不过萨姆叔叔和弗洛伦斯用它们尖细的嗓音冷冷地招呼了孩子们,而它们的招呼声听起来有点厌烦和无聊。小鸡看上去很沮丧地啄食酸模叶子。

"我猜爷爷可能在契弗婆婆家里,"朱力亚说,"波什,我们过去看看吧。"

走进婆婆的房子后,他们听到了电台音乐声,闻到了一股烟斗味和其他什么气味,反正很好闻。

因为音乐声和香味都是从婆婆厨房里飘过来的,所以他们就去了后门。他们今天也算是见了许多小动物了,但是只有鸭子看上去很快活。

爷爷和婆婆正坐在厨房的餐桌旁打牌。收音机里在放《卡门》中的哈巴涅拉舞曲音乐。

"啊,孩子们!"婆婆从椅子里站了起来大声说,"见到你们我真是别提有多高兴啦。我和我哥哥还以为你们今天不会来,因为天气很糟糕。你们到这边来,把鞋子脱了,我把它们放到板凳下面。雨衣也都给我,我去给它们挂在壁炉旁边的椅子上。啊呀,今天我真是太高兴啦!"

"青蛙很喜欢下雨天呢,"朱力亚小心地脱下雨衣,避免雨水飞溅出来。"我还从来没见过这么多青蛙一起大合唱。"

"是啊,青蛙的叫声的确好听,"婆婆说,"它们整个春天都会鸣叫,然后就不叫了。等到下雨天的时候,他们才又冒出来歌唱,我猜是因为它们见到下雨天就以为是春天吧。"

"你应该去听听大块头的青蛙是怎么叫的,"爷爷说,"这里的沼泽地还有牛蛙,有小狗那么大呢。每到晚上就能听见牛蛙深沉粗哑的叫声,听起来咕哝咕哝的,很像在发牢骚,很像老人讨论股票时的语气。"

"今天只有少许点心,你们介意吗?"婆婆说,"因为我没有做蛋糕和饼干,不过我有一些野生黑莓做的蜜饯,还有品达自己做的蜂蜜。早上我还做了几块面包。"

听了婆婆的话后,他们一下明白了,原来刚才闻到的可口的香味就是这么来的。

"不过,我有点不好意思打搅你们继续打牌。"波西娅说。

"哈没事,反正她不会介意的。"爷爷说,"因为她快要输了。"

第八章 俱乐部

"我玩牌经常输,"婆婆难过地说,"我也不知道我为什么还要继续玩牌,不过玩象棋我总是能赢他。"婆婆一边说话,一边掀开盖在光滑的棕色面包上的布。婆婆家里没有冰箱,但有一个冷藏室,那就是地窖。婆婆的黄油和羊奶就是从地下室拿上来的。

"我们每个月只有一个星期可以吃到黄油,"婆婆说,"我哥哥每月会开车去镇上买点东西,买回来后我们就可以慢慢品尝一星期的黄油。"

波西娅喝了一小口羊奶,感觉味道好极了。但朱力亚觉得羊奶味道怪怪的,所以没有喝完,不过他吃完了其他食物。吃完点心后,他和波西娅满怀期待地坐在那里。

"哦,我想起来了,桌子!"爷爷说,"我们的哲学家俱乐部需要桌子,这也是这两个小朋友非常关心的一件事。明尼,你有大房子的钥匙吗?"

"你明明知道我有钥匙的,"婆婆说,"而且你还很清楚放在哪里。"然后她走向一个样子很像教堂的挂钟,打开它的玻璃门,取出钥匙来。

"这里只有大房子上了锁,"她对孩子们说,"当然,凯浦瑞丝别墅也是上锁的,但它就不考虑了。孩子们,出发前先涂点驱蚊药水,因为蚊子会在下雨天出来。"

"你们难道不涂点药水吗?"波西娅涂上刺鼻的药水

后问道。

"不用了,我们现在已经几乎不涂这种药水了,我觉得我们现在已经对他们免疫了,或者说由于长时间涂用这种药水,现在蚊子都已经害怕我们了。"

一行人很快就上路了,婆婆穿了一件羊毛做的格子图案披肩。"这件披肩是我丈夫在五十年前从爱丁堡给我买的。"她还带了一把绿色的大圆伞,也是她丈夫在那一年从土耳其买给她的。爷爷穿了一件宽大衣和宽边帽子,看起来十分威严。孩子们踩着雨鞋向前进,地上的雨水也溅了起来。小鸡们看到他们排成一队走在路上,就发出了雨天特有的哀愁的鸣叫。

"小鸡非常容易自怜自哀,"爷爷说,"它们是一种很蠢的家禽。但是我一点也想不通,它们是怎么生下那么完美的鸡蛋的。"

他们在大房子门柱那里拐弯,穿过被雨淋湿的而且高高的杂草丛和雏菊丛。蚊子被惊扰后蜂拥而出,发出尖细的哀叫声。蛙声加上蚊子声,这下可好。大房子非常大,比贝雷米尔家的房子大出许多。有一条木头台阶通向门廊,不过这条台阶已经下凹了下去,所以样子就有点像帽檐。他们踮着脚尖走过这道台阶,但还能感觉到木板在微微晃动。

"这个门廊很快就要塌下来了。"爷爷微笑着说。他从

第八章 俱乐部

婆婆那里取来钥匙,然后开锁。爷爷和朱力亚一起用力推了一下,门才打开。他们看到眼前的大厅十分明亮,通风良好,掉落下来的石膏已经把楼梯给掩埋了。"屋顶已经没了,"爷爷说,"没了好多年了。这幢房子很快就会像卡索家的房子那样完全倒塌。"

"但是千万不要在我们还在这里面的时候就倒塌呀",波西娅心想。

"其实,我们可能不太需要桌子什么的吧?"她提议说。

"放心吧,这房子今天是不可能倒塌的啦。"他很肯定地对波西娅说,"至少再刮一两次风暴它才会倒下去。我说的是那种特大的风暴。就是这个房间。"他领着大家穿过一扇门,"这间就是客厅,这里的家具已经所剩无几了,因为大部分都已经搬到我妹妹家客厅里去了。"

墙壁上还挂着一个驼鹿头实物标本,从上方俯视而下,它已经被蛾子啃食过了,所以样子略显忧郁。不过它的眼睛还炯炯有神,宽阔的鹿角像棕榈叶。在两个鹿角之间筑了知更鸟的巢穴,看上去就像一个头巾裹在上面。

"我有点好奇这个鹿头是什么时候挂上去的呀?"婆婆说,"我都没留意过它。"

除此之外房间里还剩两张桌子,一张大一些,一张小一些。还有一只雕刻有花纹的大箱子、炭架和几张地毯。此外还有一张巨幅女性油画,这名女子下巴歪斜,面色苍白,两只虔诚的大眼睛看起来就和鸡蛋一样大小,秀发披肩好似卷曲的甘草那样。她带有酒窝的双手之间握着一本小书,可能是一本祷告书,而她显然对画面背景中龙卷风视若惘然。她的名字刻在画框上面,叫比拉。

"我一直都很讨厌这个女人,"婆婆直言道,"值得庆幸的一点是我和她一点关系也没有,这幅画是爸爸的一位客户送的,爸爸就把这幅画挂在大厅里控制台的上方。贝比-贝尔也很讨厌这幅画。'这只是假装圣洁的老东西而已。'她过去常这样说,'你看看她,天都要下雨了都不知道回避。'"

"呃,可以确定的是,我们的哲学家俱乐部不欢迎这幅画。"朱力亚说,"不过这些桌子很不错。"

"地毯应该也可以拿走。阿品,来帮帮我。"

他们摊开第一张地毯发现里面有一个老鼠窝,不过幸好里面没有老鼠。地毯上的字迹已经被老鼠啃得不像样了,不过波西娅看到一行字依稀写的是1894年8月3日。地毯上满是破洞。

"唉,这幢房子遭受了各种各样的侵蚀,"婆婆说,"鸟儿、蝙蝠、耗子、老鼠、飞蛾,等等一些动物都在里面住过。"

第八章 俱乐部

"还有大黄蜂。"爷爷补充说。

"还有蚊子呢。"朱力亚也补充说。

"还有像我们这样的人类,不是也入侵了这里吗?"波西娅补充说。

"是的,沃格哈特家前门走廊里曾经还住着狐狸一家呢。"婆婆说。

第二张地毯和第一张一样破旧。不过第三张相对来说完好无损,颜色比较红,上面有蕨类植物图案。

"箱子里还有窗帘呢。"婆婆用力打开雕花的箱门,拉出一条褪色的印花棉布,然后又取出了一条。

"我真想不到我妹妹竟然会把窗帘放在这里面。"爷爷评论道,"她以前经常把它们放到煤炭架上、鸡舍上,还把它们披在羊身上。总之她很喜欢乱放窗帘。"

"好啦,阿品,你讲的都没有错。波西娅你看,挂在饭厅里的这些门帘,有整整五张,太幸运了。用来装点你们的俱乐部再合适不过了,是不是?"

"太好了!这些门帘非常好看,而且颜色还是红色的。"波西娅边说边用手指触摸这些年代久远的锦缎,"这些布料真是太棒了。"

"你拿着呗,总比让老鼠霸占好。让我们来清点一下,我们有地毯、桌子、窗帘和箱子,不过箱子太重了不好移动,除了这些以外,还有什么东西是你们想要的吗?"

"我想要那个驼鹿头标本。"朱力亚说。

"好的,没问题。"爷爷说,"不过我建议先把灰尘都去除干净,再给它挂几颗樟脑球。"

按照约定,只要孩子们把贝雷米尔家的阁楼打扫干净后,就可以搬走这些家具。"这可是一项大工程,"婆婆提醒说,"因为那幢房子从1904年起就没打扫过。"

回到婆婆家后,孩子们借了一把拖把,一把扫帚,一个簸箕,很多块碎布,一块肥皂和两桶水。爷爷帮忙把这些家伙搬到贝雷米尔家,接下去的任务就全部由波西娅和朱力亚接管。

他们非常卖力地干了很长时间,把椅子和空箱子推到一边。这些箱子都是空的,所以说运气还是有点不好。然后他们把偌大的地板给打扫了一遍,除了一些从屋顶上落下来的泥巴外,其他尘封已久的灰尘都飞扬在空中。波西娅用扫把清除了椽子上的蜘蛛网,然而大部分蜘蛛网都落到了她身上。但是她一点也不受影响,还是努力干活。他们用力擦洗地板,然后把洗抹布的脏水倒掉。做家务真的是很有趣的。

"唉,我们还是明天再来打扫吧,"波西娅叹了口气说,瘫坐在摇椅上面,"我快要累死了,整个人腰酸背痛。"

第八章 俱乐部

"我知道,我也累得不行了。"

"你看起来蓬头污面的,真该要好好洗一下。不知道你以前有没有把自己弄得这么脏过?"

"啊呀,你留海上有一张蜘蛛网,耳朵上还有另外一张。"

"啊,好讨厌呀。小朱,你可以帮我弄下来吗?我十分讨厌蜘蛛,虽然也说不出为什么会讨厌。"

他们安静地坐了一会儿,阁楼里已经很干净了,他们为自己的劳动感到自豪。朱力亚起先站起来,然后说,"我们该回去了。我们还要走一大段泥泞的路。"

"我实在走不动啦,除非让我爬回家。"波西娅呻吟着说。一阵雨滴洒落在屋顶上面,听起来就好像沙砾在拍打房顶。

"孩子们,打扫得怎么样啦?"爷爷的声音从他们身后传来,"现在都已经快六点了,你们知道吗?"

他们小心地走下楼梯,波西娅紧紧靠着扶手下楼。

"我看你们已经很累了吧。"爷爷说,"外面雨依旧很大,就让我来开车送你们回家吧。"

"没事的,爷爷,不麻烦你了。"不过朱力亚的语气有些不确定。

"孩子别瞎说,快跟我来,开车一会儿就能到了,而且汽车发动机也要经常启动。"

契弗婆婆撑着绿伞，等在门口。青蛙还在芦苇丛里鸣叫。

"我很想让你们去见一见那辆车，这可是你们第一次见到它呢。"婆婆说。

"那辆车是借来的，"爷爷说，"永久借给我啦。许多年前，我们刚来塔里戈时什么交通工具也没有，而且我们经济也很拮据。有一次我去卡普利斯别墅转悠的时候，发现可以溜进布莱斯-吉迪翁女士的车库里。非常幸运的是，我在一块防水帆布下面找到了一辆被遗弃的林肯牌轿车。虽然它样子很奇怪，但是开起来很方便。待会你们就会看到坐上去有多便捷。"

爷爷领着他们去了屋后的棚屋，然后打开门。

"请欣赏！"爷爷说道，并往旁边挪了一步。

"真漂亮！"朱力亚说。

"这真是太惊艳了！"波西娅说。

婆婆双手捂住脸，像一个学生妹那样笑了起来。

林肯轿车外观很气派，两个前照灯就像一只大虾的眼睛。孩子们从未见过这样古老的机动车，车身红色喷漆很有光泽，车上的黄铜配件也都打磨得十分光滑。

"你们介意开一辆古董车吗？"爷爷问，"噢不，介意

第八章 俱乐部

坐在这样一辆车上吗?"

"快让我坐上去吧!"朱力亚急切地说,"波什,快来,你可以坐后座。"

"好的。"波西娅爬了上去。

波西娅坐上高高的座位后,感觉就像坐在宝座上一样,因为车子很壮观,通风非常好。

"现在的车子座位都很低,"波西娅说,"这辆车就很高,可以看到很多风景。"

"这辆车唯一不方便的地方就是,必须要用曲柄转动启动,还有点吃力。朱力亚,谢谢帮忙,我自己来就行了,我对这辆车的毛病比较了解。"

爷爷摇动了好几次曲柄才发动车子,车子立刻有了动静,剧烈地抖动起来,好似跳舞一般,声音也比较喧闹。

"消声器生锈了,"爷爷大声说,"也没有去修理过。我有点喜欢这种喧闹声。"

"挺好玩的。"朱力亚大喊,"波什你觉得呢,是不是挺有趣的?"

"是的。"波西娅也大声说道。

"孩子们,后会有期。过几天再来玩。"婆婆挥舞着绿伞呼喊。

车子轰隆隆向前驶去,爷爷按了下喇叭,黄铜喇叭就发出了一阵响亮的鸣叫声。

车子有顶盖但两边没门,雨滴猛烈地拍打进来。虽然这辆车时速不会超过每小时二十英里,但是孩子们觉得这比坐在飞快的现代车上更有趣味,因为这辆老爷车很有活力,制造了一种热闹的氛围。

爷爷在大声说些什么。

"爷爷,您能重复说一遍吗?"朱力亚很有礼貌地说。

"我说等会儿见到你家人是我的荣幸。"爷爷回答。

"噢。"朱力亚说,然后回头看了看波西娅。朱力亚心想,糟了,这下秘密保不住了。

爷爷行驶在一条有车辙的马路上,两个孩子从未见过这条路。车子在树林里开了十分钟后,就进入了克雷斯顿收费公路。

其他车辆从他们身边飞驰而过,朱力亚和波西娅看到其他乘客都是目瞪口呆的样子,孩子们十分惊讶地从后窗玻璃盯着他们的老爷车。"你们还是骑马算了!"一个小男孩乘客经过时朝他们大喊。

爷爷有点得意洋洋。"我喜欢看到他们那种大惊小怪的表情。"他坦诚说,"这辆老爷车总是能引起人们异样的关注。"

孩子们也感到很开心,朱力亚心里在想妈妈见到他们

第八章 俱乐部

回来时该会是怎样的一副表情呀。不过幸运的是,他们回去后,妈妈还没有回家,因为她非常绝望地带着两个小男孩去看电影了。除了凯蒂在地下室吠叫了几声,招呼他们外,家里一个人也没有。

"呃,下次再和你家人会面哈。"爷爷坐在车上喊道。他优雅地举起宽边帽告别,然后开着车扬长而去,车子左右摇摆的样子很有气派。

"小朱,我想和你说一件事情,"进屋后波西娅说,"我想品达爷爷要是知道他只是一个神秘人物的话,会感到不高兴的,或许我们应该公开这个秘密。"

"啊,不行,现在还不能说出来。因为我们回来时家里一个人也没有,所以我觉得这可能是一种暗示,我们应该保守这个秘密。"

"但我不这样看。"波西娅质疑说。

就在这时,他们听见有人顶着大雨急匆匆跑了进来,那是希达姑姑和两个小男孩。

"老天爷啊!"希达姑姑突然站住脚步,大声说,"你们身上怎么那么多泥啊?还有这股奇怪的味道是从哪里来的呀?"

"气味?"朱力亚一脸无辜地说,"你是说你闻到了什么?"

消失的湖

"那只是一些驱蚊药水,"波西娅如实说来,但匆匆上楼去了,"快点,小朱,我们要先去洗个澡。"上楼后,波西娅小声对他说,"以后每次回家前,我们都要先洗去驱蚊药水。如果你要坚持为消失的湖保密,就只能这样。"

"我当然愿意。"朱力亚坚定地说。

大雨洗净了世界,第二天一切都焕然一新。每片树叶都绿得发亮,一切是那么鲜活。芍药经不住风暴吹拂,花朵都凋零了,不过玫瑰花倒是开得很艳丽。

波西娅和朱力亚一吃完早餐就出发了,他们带了午餐便当,朱力亚还随便从冰箱里拿了一磅重的黄油。

"这是送给爷爷和婆婆的小礼物。"他对波西娅说。

他还借了一瓶地板蜡和一把窗用吸尘器。他们背起沉甸甸的装备、午餐篮和杂七杂八的东西,就上路了。他们吃力地走在树林里,一边聊天一边做计划。(这次他们走在灌木丛下面的马路上,留下了自己的脚印。)

"我们应该把墙壁粉刷一下,"朱力亚说,"不过还是等招募一些会员后,让他们也来帮忙。"

"到那边后,我要做的第一件事就是把窗户擦干净,然后就能装窗帘啦。"

"你和契弗婆婆,女人和窗帘。"朱力亚打趣地说,但语气很温和。

第八章 俱乐部

沼泽地里的芦苇也被雨冲洗得焕然一新,叶片绿油油的,十分光亮。他们远远看见佩顿爷爷在蜂箱那边徘徊,小羊在附近蹦蹦跳跳,小鸡在阳光下昂首阔步地走来走去。新近抛光过的老爷车正开在棚屋外面晒太阳,车上的黄铜部件反射出的光线十分闪耀。眼前看到的一切都令朱力亚和波西娅感到愉悦。

"我很开心很顺利地到了这里,而且还挺早的。"波西娅说,"不过佩顿爷爷头上戴的是什么呀?"

"我猜是养蜂面罩吧。"朱力亚说。

"早上好呀,早上好,"佩顿爷爷看到他们走近后说,"我正在照料高加索。"

"什么高加索?"朱力亚疑惑地问,又补充说了声,"爷爷。"

"我是指高加索蜜蜂,它们十分温和。而意大利蜜蜂被我养在最远的蜂箱里,不能对它们抱有什么期望,而且它们脾气很坏。"

爷爷的脑袋套在一个纱网笼子里,他的胡子透过纱网散发着冷峻的微光,他看起来就像一个男巫。爷爷拿起一个巢框后,只见他手臂和肩膀上爬满了蜜蜂,帽檐周围也都是飞舞的蜜蜂。

波西娅后撤了一步,"你有没有被蜜蜂蛰过呀?"

"难得被蛰一个脓包的啦,通常都是意大利蜂干的好事。"爷爷瞪了一眼意大利蜂巢,回复说,"孩子们,等会我们再过来看看。午饭的时候我们吃一个蜂窝。"

"我们会过来的,我们还带了一块黄油,可以和蜂蜜一块吃。"朱力亚说,"我等会儿就把黄油放你厨房里好了。"

"这是一份送你的小礼物。"波西娅解释道。

"天呐,我真是太开心啦。我妹妹也一定会很开心的,真是太感谢你们了。你们现在就要去俱乐部吗?"

"我们打算今天就把俱乐部打扫干净。"

"太棒了。如果需要帮忙的话,可以随时叫我。"

伴随着叮当声和一路颠簸,他们一步一跳地走在杂草丛生的小路上,向贝雷米尔家进发。

阳光倾洒在阁楼里。波西娅推开了一扇天窗,但它给人一种断头台刀刃的感觉。"等等我,我去拿一个支撑物,"朱力亚指挥道,然后跑下开放式楼梯。他很快就回来了,手里拿来五根引火柴木棍,用来撑起五扇天窗。

波西娅鼓足了干劲擦洗玻璃窗,朱力亚跪在地板上卖力地拖地板。要是他们的爸妈见了这幅画面,一定会惊呆的。沼泽地的气息通过开着的天窗飘进来,室内还夹杂着地板蜡、肥皂和驱蚊药水的浓烈气味。(契弗婆婆想得很周到,特意为俱乐部成员准备了一瓶驱蚊药水。)

第八章 俱乐部

等到阁楼被打扫得非常干净后,他们就前往大房子搬家具。把这些家具搬上楼梯是一件累活,而且非常热,但当最后经过一系列的争论,终于布置好以后,阁楼看上去非常棒。

"小朱,你看多么漂亮呀。"波西娅很崇敬地说。

"这里简直棒呆了!等我把驼鹿头安装上去就完美了。"

"对,等我把窗帘也装好。"波西娅说。

他们小心翼翼地把驼鹿头搬到户外清洗干净,但在开始清理之前,朱力亚先把知更鸟鸟巢取了下来,这个鸟巢和茶杯一样坚硬,后来被他安放在一个树杈上面。"等明年知更鸟发现这个现成的鸟巢会一定会很开心的。"他说。

擦洗驼鹿头的过程中,大量灰尘和蛾子的翅膀不停地飘散开来,其中还掉落了不少鹿毛。虽然毛发变得稀少了,但它看起来更干净和壮观,朱力亚还在鹿角上涂了一些地板蜡增加光泽度,波西娅还用玻璃清洁剂擦洗了两只鹿眼睛。最后这个鹿头被安装在阁楼北面那堵墙,塔克唐家小孩身高线的上方。

"它非常适合安装在这间屋子里,"波西娅说,"有了它的点缀这间屋子也变得更庄严了。"

"棒极了!"朱力亚用自己很喜欢的一个词形容道。

当红窗帘和红地毯都布置好后,他们还特意用桌子和椅子腿盖住了地毯上最大的破洞，最后阁楼看起来非常漂亮，令人愉悦、宽敞又明亮。波西娅拿着洗脸盆跑下楼，来到契弗婆婆家里灌满水，然后摘了一大束玫瑰花养在里面。然后她非常小心地爬上贝雷米尔家的楼梯，最后把洗脸盆放在阁楼上的一张桌子上。这是这项工程的最后一笔润色。

"这简直就是世界上最漂亮的一个房间，太漂亮了。"她向朱力亚宣布。

但是他们还觉得不过瘾，他们继续在阁楼里徘徊，走走停停，从不同角度欣赏阁楼，并且沾沾自喜，祝贺自己。

"如果把摇椅放到桌子边上，可能会更好看些。"

"我觉得地毯应该要再往左移动一点点。它有点歪过来了。"

"我觉得我们不应该擦去身高成长线，你说呢？"

"嗯，留着吧，不能擦掉。它们属于那里。"

"但是我们应该在墙壁上挂一张图。"

"好的，但是绝不能挂《比拉》那张图。"

"是的，一定要挂合适的图画。"

他们就像两个大人那样在互相讨论，对这个新阁楼评头论足。他们全身心投入其中，完全忘记了午餐时间，直到朱力亚肚子咕咕叫时才突然意识到要吃午饭了。

第八章 俱乐部

"我觉得我们现在还不能在上面吃午餐,你说呢?"

"是的,我可不想吃得满地都是面包屑。"

他们倚靠在南窗口窗台上,眺望午时的风景。他们看到契弗婆婆钟形的帽子在芦苇丛中起起落落,她正在沼泽花园里干活。那顶帽子一会儿从芦苇丛里浮现出来,一会儿又消失不见,好像有它自己的节律。佩顿爷爷还戴着养蜂面罩,正在给婆婆的母鸡喂食。他把网纱向后反转,网纱就拍打在肩膀上,爷爷看上去就像一个外国志愿军。爷爷摇动滤网,筛出谷粒,母鸡一边咯咯叫,一边疾走啄食。

波西娅叹了口气说,"你知道吗,小朱?"

"什么?"

"我希望——"

"你希望什么?"

"我真希望爷爷和婆婆还很年轻。"

朱力亚看上去很吃惊的样子。"他们会死的。"他说。

"等活到一定岁数后,每个人都会死去的。"

"他们年纪还不算大。他们现在身体也还不错。"他听上去有些生气的样子。"他们现在都还健康,怎么可能死呢。他们还可以活好多好多年呢!"

"你确定吗?"

"我当然确定了。"

波西娅听了后就放心了许多。他们倚靠在窗台上,眺望那顶钟形帽子在芦苇丛里一上一下,观望佩顿爷爷戴的网纱在小鸡上方一上一下移动。

佩顿爷爷突然站起来,朝他们所在的窗口望去,就好像他们的想法以某种方式感动了他那样。

"嗨,哲学家们。"爷爷挥动滤网大喊,"快到户外来晒晒太阳吧,快来我这里聊聊天。我和母鸡待在一起已经够无聊的了。"

朱力亚和波西娅一溜烟似的跑下楼梯,地板都发出了响亮的咔哒咔哒声,以至于贝雷米尔家的石膏板又掉下来很多块。

第九章　戈帕尔

　　七月快要接近尾声了。到处都是盛放的虎百合,在破房子遗弃的院子里开满了蓝色的菊苣花朵,白色和黄色的蝴蝶在花丛中翩翩起舞,闪烁发光。

　　朱力亚和波西娅基本上每天都会来,这个地方对他来说一直魅力无穷。他们对这个俱乐部感到非常满意,总想要招募更多会员。"不急,时间还多得是,"朱力亚说,"所以让我们等一段时间后再招会员吧。"波西娅表示同意。

　　随着接触次数的增多,朱力亚和波西娅越来越喜欢他们的新朋友契弗婆婆和佩顿爷爷,就改叫他们明尼哈哈姑姑和品达叔叔("我们绝不会叫您明尼姑姑的",波西娅保证说)。孩子们快乐而又忙碌地度过了一星期又一星期,每天清晨醒来想到的第一件事就是消失的湖。在家里不能谈论,这件事让人心里痒痒,但孩子们还是努力保守秘密。

但是有一天吃午饭的时候,福斯特一边喝牛奶一边看着朱力亚好几次,然后问道,"你和波西娅白天都到哪里去玩了?"

"啊,什么?什么到哪里去玩?"朱力亚一边漫不经心地给面包涂上黄油,一边在桌子底下踢了波西娅。

"我都看见你们了。你们每天都会出去玩,总是沿着同一个方向,同一条路,快说说你们到底去哪了?"

"哪有,没去什么地方啦。"朱力亚漫不经心地敷衍道。(他十指交叉在一起。)"只是出去转转而已。"

"你说谎,我觉得你一定是去了什么地方,快告诉我。"

"说出来你也不会感兴趣的,你还是去找戴维一起玩吧。他平常都会去哪里玩呢?"

"他生病了,吃坏肚子了。"

"那么你可以去和小狗崽一块玩耍呀,或者动手做点手工活,画一艘宇宙飞船也好。找些事情去做吧。"

"我什么也不想做,就想和你一块去。"

"可是我连想去什么地方都没想好呢。"朱力亚十指

第九章 戈帕尔

依旧交叉在一起。

过了一会儿,福斯特也就渐渐忘了此事(毕竟他还小,很容易糊弄),不过波西娅隐约感到一丝愧疚。

"小朱,我们可以让福斯特加入俱乐部吗?我们这样糊弄他,我感到很过意不去。"

"但是他太小了,很容易就会说漏嘴。"

"但是福斯特不一样,他可以保守秘密的。有次我固执地要坐在窗台上,结果摔了下来,他就没有把这件事说出去。他也从不把我们要送给妈妈的圣诞节礼物提前透露出来。"

"但是如果我们要招募福斯特进来,也就必然要招戴维一起进来了。这样的话事情就不好办了,你也懂的,他们俩在一起就会制造出很大的噪声,就会充斥着'砰、砰、嗖、发射!'"

"你听起来怎么这么像一个爱管事的老爷爷呀。再说了,你几年前不也会发出那样的噪声吗?"

"没关系,反正我是俱乐部主席,所以我说了算——"

"啊?你是主席啊?谁说的?那我呢?"

"呃,你可以当秘书。"

"我才不要当什么愚蠢的秘书呢!"

"好吧好吧,你也可以当主席。我们就是联合主席,怎么样?还是好搭档吗?"朱力亚说完后长长地叹了口气,"唉,女孩子！"他随后又生气地补充道。

"哼，男孩子要差劲好几百万倍！"波西娅反驳说，"有的时候，所有男孩我都看不顺眼。"他们走在马路上争论不休，不一会儿就完全忘了福斯特。

但是他并没有忘记他们。

要想在福斯特比较警惕的时候糊弄他并不是一件容易的事情，今天他就非常警觉，事实上他还在后面跟踪朱力亚和波西娅。福斯特非常小心地在后面跟着，离开他们一段距离，而且还是走在公路旁边的杂草和灌木丛中。他还会时不时地停下来，就像一个躲在暗处的印第安人那样一动不动地观察（其实这没有必要，因为波西娅和朱力亚从不回头看），然后他轻声自言自语，"慢慢来，小心点，千万不能让他们发现。"接着又鬼鬼祟祟地前进。他以前和戴维做游戏时，玩得就是逃避假象中的太空隐形人，这个游戏没有白玩。福斯特走到了一棵山核桃树下，终于看到姐姐和堂哥转弯了，然后很快消失在一片榛木林里。在他们转弯消失的地方，福斯特隐约看到那边的树叶上好像有什么东西，走近后才知道是一只系在树枝上的破袜子。福斯特耐心等待，直到他们的争辩声慢慢消退，越来越轻，他才快步闯进密林中。他穿过茂密的树林，走到头发现前面是一条泥泞的马路。在这条马路的中央，有一条痕迹深深刻在杂草中

第九章 戈帕尔

间,他很清楚痕迹的来源。

"你们可别想糊弄我。"他自言自语说,然后一脚踩上这条泥路向前进发。他感到自己非常充实,心中充满胜利的滋味。他虽然看不见也听不见朱力亚和波西娅,但完全不要紧,因为他可以沿着这条痕迹前行。他很确信在终点处的某个地方一定可以找到他们。

午后阳光照耀在树叶和灌木上,一只猫鹊在树梢上叽叽喳喳地鸣叫,不远处还能听到啄木鸟正在啄木。福斯特上周刚学会吹口哨,此时就轻轻地吹了起来(毕竟他还不能大声吹口哨),他感到洋洋自得。福斯特像一个侦探那样跟踪姐姐和堂哥走了那么多路,虽然不知道等他们发觉时会有什么样的反应,但他现在感到心满意足。

"或许我可以不让他们发现我,"福斯特慎重地思忖,"纯粹地监视他们,看看他们到底在搞什么名堂。嗯,等会我估计就会这样行动。"

他停下来捡起一块金闪闪的石头,尝了几颗黑莓(太酸了),摇摆了几下蘑菇观察它猩红色的蘑菇伞,敲开了一个榛实果子(还没熟),细细观察一只发亮的黑色甲壳虫,它长了一对角,样子就像一只迷你奶牛。突然间他意识到要做的正事,便立刻上路。

"原来他们去的地方就是这里。"几分钟后他自言自语道,他站在一大丛树叶后面,向下看到下面有一大片芦苇,就像一张巨大的毯子。在芦苇地中间有一座高耸的小岛,上面长满了绿色植物,这座小岛处在柔和的银绿色芦苇丛,显得额外深沉。但最奇怪的事情莫过于小岛对面,那里有一些破房子,而这片沼泽地看上去就像一排被摧毁的巨大城堡的残骸。

远远望过去,福斯特看见朱力亚和波西娅的身影就像蚱蜢一般大小,他们走上一座房子的台阶,然后从窗口爬了进去。然后又有一个穿着裙子的微小人影从最右边的房子里出来,开始打扫门廊,同时又有一个身影出现在最左边的房子那边,正匍匐在菜园子周围。在这两座房子附近,白色的小鸡密密麻麻,看过去就像散落的盐粒。

"这些人是谁啊?"福斯特大声发出疑问,"这是什么地方?"

他沿着山坡匍匐前进,尽管根本就没有人看见他,他还是时不时地寻找掩护并暂停一会儿。当他靠近沼泽地后,隐约听到了波西娅和朱力亚的说话声,声音好像就是从他们刚才进入的房间传出来的,但他也不是很确定。风中芦苇摇摆发出的声音滚滚而来,压过了其他一切声音。福斯特走到芦苇地后发现芦苇丛长得很高,高出他一大截,但是他毫不犹豫地钻进芦苇丛,很清楚前进方向。他已经打

第九章 戈帕尔

定了主意，等会儿见到那座小岛后一定要上去看个究竟。

温暖的沼泽水淌进福斯特的鞋子又流出来，十分舒适。黑鹂从天空中飞过，发出咯咯咯的鸣叫声，有一只喙长得像一把大剪刀的大鸟从地上一跃而起，伴随着一阵躁动，它发出了一阵受到惊吓似的叫声。福斯特也吓了一大跳。

到达小岛花去的时间比他想象中要多得多。"我好像有点迷路了，"他冷静地安慰自己说，"但是不要紧，"他一点也不担心，反而很享受待在沼泽地里的时光，因为他在漫游的过程中还认识了几只乌龟，两条黑蛇和一只大得闻所未闻的牛蛙。他正聚精会神地望着空中越来越大的云朵。

他在沼泽水中艰难前行，水流在他鞋子里挤进挤出。他一边吹口哨，一边嘴里不停地自言自语。然后一阵香甜的松针叶的气味飘了过来，他知道总算到了。不一会儿他就看见那座小岛高高耸立在面前。

福斯特一踏上小岛，太阳就被云层遮盖了，一切瞬间就变灰暗了。天气要变坏了，芦苇丛中飘荡的风一下子咆哮起来。"唉，再怎么说我都不能一脚刚到，后脚就要打道回府吧！"他冷静地说，但是他马上加快了脚步，同时拨开尖锐刺人的树枝。松针叶气味真是太好闻了！脚下枯萎的松针叶厚得就像一张被子。

福斯特知道他会揭开这座小岛的秘密，但他还不知道这会是什么。然后他吃惊地发现它其实是一幢房子。

这幢红屋顶的灰色石头房子伫立在一大片茂密的常春藤下面。厚厚的松针叶堆积在大门口，百叶窗紧紧闭合。福斯特认为这里不会有人居住，但他不是很肯定，顷刻间他感到很后悔来到这座小岛。他后悔极了，心想当初要是干该干的事情该多好，也就不会走到这步，而是在家里逗逗小狗，或在花园里吃吃零食、随便瞎逛。掩映在树荫下的小房子看上去既昏暗又阴森，活像女巫婆的老巢。它静静地伫立在那里，仿佛空气都凝结了一般，树林中的一切仿佛是静止的一般，就连福斯特也好像要僵住了。

一声响亮的碰撞声打破了沉静！

福斯特活到现在都没听见过这样剧烈的声响。这声音听上去就好像是天空破了一个口子。福斯特心脏咚咚乱跳，他甚至都能听见自己的心跳声，爆炸声过后，风又猛烈地刮了起来。树木顷刻间都弯腰倒向一边，树枝扫过屋顶，风停止后就下起了雨，雨停后更吓人的一幕才刚开始。闪电就像剃刀那样在天空撕裂一道口子。

福斯特飞奔到门口，挥动拳头敲门。"快救命，快让我进来！"但他也早料到了，里面本就没有人。此时他犹豫了一会儿，不知道自己是更害怕待在屋外的风暴中，还是走近阴森的屋子，但当亮起一道恐怖的闪电后他终于打定了主

第九章 戈帕尔

意。他扭动生锈的门把手,用尽全力推门,门一下子弹开了,他也一下子跌进了屋内。

屋内一片漆黑,他站在门口踌躇不决,当另一道闪电响彻云霄时,他才反应过来,然后猛地关上门,背靠着大哭。他太害怕了,黑暗中伸手不见五指,只有当闪电一闪而过时,他才瞥见屋内的环境,他感到更加紧张了。在他对面有一座壁炉,他还看见在壁炉左边有一扇紧闭的门,房间里空无一物,连一件家具都没有。这间小屋的顶是尖的,装了椽子,屋内一股松针叶和发霉的味道。雨滴重重敲打在屋顶上,时不时传来一阵可怖的扫地声,福斯特后来才意识到这只不过是树枝扫过屋顶发出的声响。在百叶窗上也有树枝来回刮擦,当树枝刮过玻璃窗时一阵刺耳的声音便飘荡过来,雨滴落进烟囱滴在壁炉里面,发出滴滴答答的声响。

啊,那是什么东西啊! 福斯特已经适应了昏暗的光线,他看到壁炉里面有两样东西正对着自己,它们还长着眼睛! 那是什么东西啊! 福斯特非常惊恐,马上推开门,正要准备逃跑,但是一道闪电让他看了个清楚,原来那只不过是一对木炭铁架,只是样子很像黄眼睛的猫头鹰。铁架伫立在松叶堆里,十分严肃地注目前方,虽然一点威胁都没有,但是也挺吓人的。福斯特又合上门,稀稀拉拉地哭了起来。

过了一会儿后,福斯特意识到根本不会发生什么意外,自己也不会被闪电击中,便停止了啜泣,然后打了几个嗝。他用袖子擦干了眼睛和鼻子上的眼泪,看到门上有一个钩子,然后拉住钩子一脚跨进了房间。

雷声响彻天际,闪电遍布天空,每一次打雷,福斯特都吓得跳了起来。

"我讨厌闪电,"他对着空房间说,"我讨厌打雷,我也不喜欢那个样子像猫头鹰的铁架。"

不过福斯特现在已经没有之前那样害怕了,他冷静地站在屋内正中央听外面的风暴声,他竖起耳朵很用心地听雷声,好像这样做就能够消减闪电的威力那样。过了很久很久(他也不知道具体多少时间),风暴好像终于要离去了,但没有完全消退,而是停留在附近。最后,一阵狂风怒吼,响声响彻天边,但是风势在减弱,一次比一次弱。福斯特这才松了一口气,之前他一路穿过沼泽地被蚊子叮咬了好多个包,直到这时他才放心抓挠起来。

福斯特这时很需要见到亮光,于是就去开窗户,连续开了两扇,但是都闭合得非常紧,所以只好打开门。潮湿的松针叶吹进来,飘散在地板上面,空气中散发着一股奇怪的闪电的味道。

光线亮了一些后,他能看得更清楚了。墙壁以前是蓝色的,现在已经污迹斑驳,看上去很像一张老地图的图案。猫

第九章 戈帕尔

头鹰巢穴上的松针叶有很多已经飘落在房间里,被吹到了墙角堆成一个小堆。福斯特看着壁炉旁边的房门。

"我要不要进去瞧一瞧呢?"福斯特大声说。他接着又说,"当然了,一定要进去看个究竟。"他神情严肃,踩着重重的脚步声,就像一头狮子那样勇敢地推开门。

这个房间光线更亮一些,因为一扇百叶窗已经没有了。他看出这曾是厨房。房间里有一把放木炭用的铁架,表面猩红色,已经生锈。铁架上面有一只玛瑙花纹的搪瓷烧水壶,福斯特拎起水壶盖后,看到里面只剩下一堆铁锈和死去的蛾子尸体。他还看了一下烤箱,但里面除了烧焦的馅饼油汁外什么也没有。窗边有一张实心桌子,桌上的茶托杯里有一支蜡烛。这枚蜡烛在无数个酷夏的煎熬下都弯折了两次。茶托杯里有几只蛾子的尸体,另外在玻璃窗上布满灰的蜘蛛网上也有十几只蛾子的空壳。

透过桌上厚厚的灰尘,福斯特看到在上面隐约刻了字迹。他用手掌拂去灰尘,然后在背后牛仔裤上擦了擦手,他看到上面的字是"塔尔坎"。

"这是人名呀,或者是某样东西的叫法。"福斯特并不知道这个字具体指的是什么。

屋内没什么好看的,只有生锈的水槽和水龙头。福斯特扭开水龙头,除了嘎嘎嘎的金属摩擦声响外,什么也没有流出来。

不过福斯特喜欢这座房子和这两个小房间。"房间大小很适合我,"他说,"正要让我和戴维一人一间。"此时福斯特还感到很自豪,觉得自己特厉害。他发现了一座小岛和一幢房子,以智谋战胜了姐姐和堂兄,最厉害的是他在没有成年人,也没有在波西娅的陪同下,独自熬过了暴风雨。

福斯特把屋内看了一遍后,便走出门,绕着房子看了一圈。屋外有一个破败的大棚、厕所,里面除了苔藓和菌菇外,什么也没有。松树枝条刮擦在福斯特身上,雨珠湿润了他的衣服,体型巨大的蚊子愉快地发现了他。

"呀!我要走了。"福斯特胡乱拍打周围的树枝说道。但是在离开前,福斯特把门小心地关上。"再见了房子,但我很快就会回来的。"他感到这座庇护所就好像真的属于自己那样。

他很担心朱力亚和波西娅发现他后会有什么样的反应,但是在这次暴风雨带来的恐惧感面前完全不值一提。福斯特越发觉得自己是一个天不怕地不怕的小男子汉,只要自己还活着。

"嗯,我直接过去跟他们坦白吧。"福斯特坚定地说,"我马上就会走出去,去老房子那里,跟他们坦白我所做的一切。"

第九章 戈帕尔

于是福斯特穿过茂密的树林，头发上披满了松针叶，终于走到了小岛外围。站在那里他可以俯瞰眼前的沼泽地。芦苇在黄昏的太阳光中闪闪发亮，在遥远的天边，另一个地方，那里还在电闪雷鸣。

当福斯特一脚跨进沼泽后，又有红翅膀的黑鹂发出一阵惊叫。他衣服都淋透了，又是被蚊子咬又是被枝叶刮擦，但是他全没放在心上。空气很凉爽，踩在沼泽地里柔软的苔藓上面感觉很舒服，而且福斯特很为自己今天的表现感到骄傲。

福斯特走在远远高过他头顶的芦苇丛里，所以丢失了老房子的视野，但他隐约听见了母鸡的叫声，所以就循着声音向前走去。他虽然没有听见朱力亚和波西娅的声音，但他还是停下来仔细听了几次。然而朱力亚和波西娅在雨停后就立刻回家了，福斯特当然毫不知情。

当芦苇丛变稀疏后，福斯特觉得自己也该要走到老房子那里了，但是走过去才发现眼前是一大片空旷的沼泽地，在这前面还有一大片芦苇丛。

"我一定会穿过去的。"他说。福斯特看见一只深蓝色的蜻蜓在前面飞舞，然后在空中悬停，接着又向前飞舞，就好像在给他领路一般。

福斯特走着走着感觉到脚下的沼泽地在震动，着实吓了一跳。他立刻警觉起来，但不一会儿发现这其实一点危险也没有，所以反而觉得很有趣很好玩，还在晃动的沼泽上蹦蹦跳跳。这要比在床上跳上跳下好玩多了，而且身边也没有人叫停他做这件事。福斯特跳得累了后才停下来，不一会儿又继续蹦跳。

蚊子十分讨厌，他简直受够了它们。他知道时间已经比较晚了，他看到燕子成群结队，在空中鸣叫，相伴回家。福斯特脚下的沼泽地也停止了晃动，不过他走到了一片非常泥泞的地上，四周野草丛生。"看来我还是踩在这些杂草上面，一步一步跳过去比较好。"福斯特灵机一动。这样子走路虽然很累，但福斯特的身手依然像蟋蟀那样敏捷。他每次落地后，身体都会摇摆几下，但很快就会找回重心，继续起跳。

但是跳着跳着就出现了一块距离很远很远，也只有袋鼠能够跳过去的草丛。他正踩在一小块慢慢下沉的草丛上面，低头俯视这片点缀着绿色草丛的沼泽地。也许泥沼不是很深。

"我加快步子应该就能行。"话音刚落，福斯特便从草丛上跨步跃出。

但是泥沼很深，一脚下去鞋子都被完全浸没了，鞋子里面也全是淤泥，福斯特感到很恶心。每跨出一步就好像是拔出一个很紧的红酒瓶塞时发出的那种声响，而且迈出

第九章 戈帕尔

的每一步都非常艰难。泥沼愈来愈深,福斯特应该往回走吗?他回头望过去,暗自思忖。但在犹豫的同时,福斯特的身体越陷越深,他费了吃奶的劲才拔出一条腿来,然后是另一条腿。蚊子紧跟在他周围,嗡嗡嗡叫,他必须得加快脚步。下一个草丛堆勉强能够到,福斯特看到上面开了一朵深红色的花,它的叶片就像小号。

福斯特看到那朵花后,刚跨出两步,就彻底陷入了泥沼中。他慢慢下沉,双腿乃至整个身体在这座巧克力布丁似的泥沼中缓缓沉没。不过他及时抓住机会,身体猛地向前一个冲刺,然后一把握住那朵红花的茎干,但是太滑了,结果是落了个空,手里只抓了一把粗糙的叶片。不过草丛堆晃动了一下,几乎要翻转过来,所以尽管这片又深又黏的沼泽正在不断地吞没福斯特,他还是不敢太用力拉扯这堆草丛。

一只帝王蝶在他头顶滑行,燕子在呢喃西语,黑鹂在放声高歌,它们对福斯特的险境是那样的无动于衷。蚊子可能是最最开心。

福斯特紧紧抓住正在颤抖的土块,土块上的每一朵花都在哆嗦,他扯开嗓门大叫呼喊。

"救命!救命啊!快救命啊!"

消失的湖

第十章　秘密公之于众

那个下午波西娅和朱力亚玩得并不开心，他们一出发就起了争执，后来又争吵不断。比如说，他们对一幅画争论不休。

这幅画就是他们上一次拜访契弗婆婆时得到的礼物。这幅画挂在婆婆客厅墙壁上，波西娅和朱力亚都很喜欢。然后婆婆就执意要把这幅画取下来送给他们，作为"送给俱乐部"的礼物。这是一幅非常漂亮的画，任何人看了都会如痴如醉。画中瀑布从悬崖上倾泻而下，整个画面有一种雾气朦朦的印象，而在远处的河岸边上，有一小堆印第安篝火冒着蛋白石的颜色，河水上雾气也是画得活灵活现，仿佛能闻

第十章 秘密公之于众

到它清冽的气息，此外仿佛还能感受到从树叶滑落下的雨滴发出的那种孤零零的滴答声。波西娅打算移走驼鹿头标本，换上这幅画，但是朱力亚不愿意搬走驼鹿头标本。

"小朱，我们可以把驼鹿挂到对面墙壁的窗户上方。"

"它还是待在现在这个地方比较好，就让那幅画挂对面墙壁上吧。"

"画挂那里也不合适，太高了。"

"那就把它挂在窗户下面吧。"

"那也不行啊，太低了，太难看了，你也不是不知道。"

"那么就用根线挂起来，吊在天花板上吧，到时候还会碰到咱们的脑袋哩。或者直接把画悬挂到地板上也行，随便你怎么挂。"

"小朱，和你讨论怎么这么累啊？这可是一幅非常漂亮的画呀，不要那么任性嘛。"

最后他们把画挂在西墙上面，两扇天窗当中的位置。不过西墙相对于这幅画来说有些小，画边框几乎要超出墙角了，但是挂在那里确实很漂亮。

然后他们俩又争论起接下来该做什么事。朱力亚突然冒出个想法，希望能找出一条路去科林尼克劳岛探索，但是波西娅很害怕移动的沼泽戈帕尔。

"不过不管怎样，爷爷和婆婆都不会允许我们过去的，他们会担心的。"

"我们可以偷偷过去啊,不要说出来,这样他们就不会担心了。反正我敢过去,如果你太胆小的话……"

"我可没有胆小,只是比较谨慎,要是我们陷入沼泽里那可怎么办呢?"

"我走路快,可以先去探路。"

"你总是一马当先,我都感到腻了。"

"假如我感到要陷下去了的话,就会停住脚步。如果我真的陷进沼泽里了的话,你可以拉我一把出来。"

"真是这样嘛,我怎么感觉自己反而会被你拉进沼泽里呢?"

他们还在争论不休,这时天边响起了猛烈的雷声。

"都怪你,磨磨蹭蹭,现在天气都不好了!"朱力亚有点暴躁地说。

"难不成是我呼唤雷声的吗?难道是我改变了天气吗?"

"当然不是,但如果你刚才不一直和我顶嘴的话,那我们说不定就早已经到那里了呢。"

"哼,我才不要,就算去了那座傻乎乎的小岛也会赶上这场暴雨,说不定还会陷入沼泽里呢!我可不要这样。"

"唉,鸡同鸭讲。"

第十章 秘密公之于众

暴风雨十分猛烈,电闪雷鸣。波西娅想要拉上窗帘,但朱力亚说那样做是胆小鬼,所以他就走到老虎天窗口向外看暴风雨,装出一副逞能的样子,当天空划过闪电时他就极力做出毫不退缩的姿态。

朱力亚心想这个俱乐部还需要另一位成员。而波西娅蜷缩在壁炉旁边,一看就知道她非常害怕,她感到俱乐部太需要另外一位女孩了。

屋顶有七处漏雨的地方。过了一会儿,当波西娅胆子又大了一些后,她拿来手头能找到的所有洗手盆和水壶,把它们放在漏水最严重的几个地方,剩余几处漏水的地方只好听凭自然。雨滴落在瓷器上面发出清脆的声音。朱力亚站在窗边,他感到每次闪电打过后,沼泽就仿佛受了惊吓一般,这突如其来的闪电仿佛也让所有树木战栗。

他俩都不敢走出贝雷米尔家,奔向契弗婆婆舒适的厨房里,连健壮的朱力亚也不敢,但他们都非常向往。

暴雨过后,他们被逼无奈把地板拖了一遍,然后把水盆里的水倒掉,接着想办法弄干地毯。干完后就到了该回家的时候。

他们先和契弗婆婆道别,离别时她正忙着做果酱。她和蔼可亲但又心不在焉地和两个孩子道别。然后他们去佩顿爷爷家道别,爷爷从阁楼上的窗口向他们说再见,离别时爷爷正在阁楼上擦泥水。他的语气也是和蔼可亲但心不在焉。

"明天会是更美好的一天，哲学家们。"

"爷爷，我们也希望明天会更好。再见！"

"再见，后会有期！"爷爷拧干抹布后人影就从窗口处消失了。

波西娅和朱力亚迈着沉重的脚步走在马路上，他们为两人之间的争吵和雷鸣声感到很不耐烦。此外，拍打在他们腿上的每根树枝都是湿漉漉的。这条路走起来好像比平常长了一倍。

回到家后也是一团乱。"福斯特去哪了？"希达姑姑径直走过草坪质问他们。

"福斯特他没和我们在一起玩呀？"朱力亚说。

"啊呀，那他会去哪里了呢？你们出去后，他就不见了。"

"可能他去找戴维玩了吧。戴维也没有在家吗？"

"不是的，我给盖森女士打过电话了，福斯特根本就没去他们家。朱力亚你快去寻找福斯特，看看树林里有没有。"

"糟糕，我太累了。"

"别管累不累了，朱力亚。"波西娅从没有听到希达姑姑用这样严厉的语气说话。"你去屋后的斜坡那边看看，我

第十章 秘密公之于众

沿着溪流寻找。朱力亚,你要大声呼唤福斯特的名字,以免他听不到。"

"我沿着马路找找看。"波西娅说。她也非常担心福斯特,并为早上没有带上他一起出去玩感到自责。我真的很喜欢弟弟,她心想。天哪,我为什么没有带上他一起出发呢?

佩顿爷爷搽干净了阁楼(他先是很礼貌地和大黄蜂说话),然后向山羊说了些宽慰的话,并喂了些生萝卜给它们吃。随后爷爷就沿着小路去了婆婆家看看情况怎么样。虽然爷爷知道婆婆是不会把暴风雨放在心上的,但他还是很喜欢过去走一趟。爷爷看到婆婆正在厨房里忙着在做树莓果酱,但是很从容。

"谢天谢地,幸亏我早上采摘了这些果子。"婆婆见到爷爷时说,"它们都已经熟透了,要是不摘肯定被暴风雨给糟蹋了。"

"是德莱尼浆果呢,还是沃格哈特树莓?"

"沃格哈特树莓。德莱尼浆果我上周就采了,它们总是先成熟。"

厨房里飘散着甜甜的果酱香味。契弗婆婆一向都很勤快,所以厨房打理得井井有条,不过今天厨房里有新摆设。婆婆把油灯放到了橱柜里,而置物架上放满了贝比-贝尔·塔克唐的老旧洋娃娃。"唉,我只是不忍心把这些洋娃娃锁在黑暗中。"婆婆听到爷爷吃惊的语气后就辩解说。这些洋娃娃全都穿上了新衣服,虽然式样很过时也不打紧。那个没有头发的洋娃娃还戴上了帽子,披了头巾。

佩顿爷爷走进了一间被他们称作"图书室"的房间,回来手里拿了一份老旧的报纸。然后爷爷就坐在自己常坐的专属椅子上,叼起烟斗,放杯蜜糖酒,而婆婆在烤炉旁边忙活。

"1900年7月29日,在马萨诸塞州希森十字镇诞下一个新生婴儿竟长了五个牙齿。"

"7月29日不就是今天吗?"婆婆平静地说,"是不是啊?"

"嗯,明尼你知道的,我总是阅读同一个日子的报纸。具体哪年倒不打紧。"

"不,年份也很重要的。"婆婆开始把深红色的果酱倒入热乎乎的果冻模具杯子里。

"我差点忘了,那一天也是意大利国王被刺杀的日子。"

"啊呀,真是太可怜了!"婆婆说,"阿品,你看看,这个颜色是不是很可爱啊?"

"这个颜色就像戈尔康达产的宝石色彩。"爷爷说。沉默了一会儿后,佩顿爷爷接着说道,"明尼,这里还有一条新闻,你听听。在二十世纪买整张海豹皮只需要——"

第十章 秘密公之于众

"等等!阿品,你听,是什么声音?"

"怎么了?"佩顿爷爷放低了报纸。他妹妹站着都愣住了,一只手举了起来示意哥哥仔细听。

"听到没!"

"天哪,那是一个小孩子的声音。"

"救命!快救命!"声音虽然微弱,但是爷爷和婆婆都听出了其中的害怕。

佩顿爷爷立马丢下报纸跑出门。"等等,明尼,你的晾衣杆在哪?"

"当然放在晾衣绳那边。啊呀,会不会有人陷在移动沼泽里面呀?"

"不清楚,不过很有可能。"爷爷动身出发,婆婆紧跟在后面,她长长的裙摆拂过杂草。但很快爷爷就远远跑在了前头。

"坚持住,陌生人,"佩顿爷爷大喊,"坚持住,我马上来救你!"

"我在坚持,"一个惊恐的声音顺从地喊道,"但请快点过来救我啊!"

当佩顿爷爷冲破芦苇丛出现在面前时,福斯特还以为是见到了圣诞老人或者是上帝亲自来拯救他一样。他还从没有见过谁留着雪白的胡子。

"孩子,不要慌张,放松。看到没,我就站在这里。我不能再往前走了,但是这根晾衣杆可以够到你,你要紧紧抓住它,我会把你拉出来的,一定要抓牢,不能松手。"

"好的,"福斯特声音颤抖地说,"不过我吓得力气都已经没有了。"

"不,别这样想,你有力气的。牢牢抓住,就是这样,很快你就能出来了。"

不一会儿福斯特就被拉出来,又能双脚站在地面上,不过他黑得就像"柏油孩子"(译者注:这是一个美国的寓言故事。讲了一只狐狸做了一个柏油的娃娃,然后给她穿上衣服,并与一只兔子遭遇后发生的故事)那样。

"啊,可怜的孩子啊!阿品,快带他回家。"婆婆刚到就这样说。对于福斯特来说,婆婆的穿着实在是太奇怪了,裙子那么长,袖子形状那么怪异,还有头顶那个红色的丝绒蝴蝶结在不停地摇摆。"孩子,你叫什么名字?"

"我叫福——福斯特·布莱克。"他回答。福斯特冷得牙齿打战,爷爷马上脱下自己的外套给他穿上。

"我不要穿外套,因为我身上都是泥巴。"

"泥巴什么的不重要啦!孩子,握住我的手,我们马上就到家了。"

"福斯特·布莱克,"婆婆在后面一路小跑,气喘吁

第十章 秘密公之于众

吁,"咦,那你不就是波西娅的弟弟吗?"

"没错,我就是她弟弟。您认识我姐姐吗?"

"嗯,我和你姐姐很熟。我们是明尼哈哈姑姑和品达叔叔。我知道他们和你讲起过我们的故事。"

"不,他们从来没跟我讲过这些事。"

"啊,他们没有讲过吗?"

"没有说过,我每天都很好奇他们会去哪里玩了。他们从不跟我讲,所以我就跟踪他们出来,然后我就在这里和你们相遇了。"

"阿品,你觉得,"婆婆说,"孩子们是想故意隐瞒我们的吗?"

"如果真是这样的话,那我就不明白他们为什么不带这个小家伙一块来啊,这帮小孩。"

"我觉得他们会很生气,如果他们见到我这个样子。"

"他们暂时是不会见到你的,因为他们已经回家了。而且即使看到你也不会生气,我敢打包票。"佩顿爷爷的语气十分肯定。

福斯特在契弗婆婆家里的木洗衣盆里洗了一个澡,感到很好玩。佩顿爷爷解释说楼上是有一个洗澡盆,但是已经五十二年不通水了。福斯特一连洗了两次澡,因为一次怎么够呢。

"我们给你找了些好东西,快来看看吧。"爷爷敲了敲门说道,"这些是我们的弟弟莱克斯在你这个年纪时穿的衣服。在大房子里面有一大箱子孩子穿的衣服,没有人知道为什么会有那么多这种衣服,你可以穿上这些衣服回家的。"

福斯特根本就不关心这些衣服,但自己的衣服他现在又不能穿,所以很不情愿地套上了这些陌生衣服。他先穿上了一套奇怪的内衣,袖子和裤腿都相当长,前面还钉着坚硬的骨纽扣。然后他又被迫穿上了一件马甲一样的衣服,这件衣服还带着一根袜带,接着又穿上一双带有黑线的长筒袜(竟然是长筒袜呀)。随后他又穿上一件领子就像一个盘子那样的衬衫,系上了一个很大的毛茸茸蝴蝶结领带,还穿上了一条西装短裤,这条短裤质地很粗糙,散发着浓烈的樟脑和黑胡椒的气味。福斯特打了个喷嚏。

最后,契弗婆婆把卧室里的拖鞋给了福斯特穿,拖鞋上还装饰有丝质小绒球。福斯特看了一眼镜子中的自己,就没有再看第二眼。

"男生会像这样穿衣服吗?我表示很怀疑。"福斯特走进厨房时说。

"不要嫌弃呀,你该看看穷人家女孩穿的是什么。比方说法兰绒衬裙。"婆婆说,"孩子,你现在吃得下东西吗?"

第十章 秘密公之于众

福斯特回答说他应该吃得下。

幸亏他说吃得下,他才能吃到刚做的面包和新鲜的自制树莓果酱。面包还是热的,他从未品尝过这样的美味。他还喝了一大杯甜甜的红茶牛奶。

"我很喜欢这个地方,"福斯特说,"这里是哪里呢?这个地方叫什么名字呢?"

爷爷和婆婆就把塔里戈湖是如何变成一片沼泽地的事情讲给了福斯特听。然后福斯特把自己去那座"位于沼泽地中央的小岛"的考察经历一五一十地说给他们听。

"你跑到那座小岛去啦?跟我讲讲,那幢房子还伫立在那里吗?"

"还在那里呢,打雷的时候我就在房子里面躲避。"

"那么房子的屋顶还在吗?"

"屋顶还在,还有个炉子,壁炉旁边还有两个样子像猫头鹰的东西。"

"天哪,这些东西,"婆婆说,"我还记得这些东西。它们是布莱斯-吉迪翁女士送给拉维纳尔女士的,但是拉维纳尔女士十分讨厌它们。"

"布莱斯-吉迪翁女士拥有一种非同寻常的天赋,"爷爷说,"她好像知道别人不喜欢什么东西,然后她就会去买下那样东西送人。"

"不过呢,我的好朋友贝比-贝尔说服了她的奶奶拉维纳尔女士,看在科林尼克劳岛的份上收下了那份猫头鹰礼物。"

"科林尼克劳就是你发现的那座小岛的名字。"爷爷说。

"我和贝比-贝尔都很开心,因为它们看上去好像充满了魔力。"

"一开始我很厌恶它们,"福斯特说,"不过后来就比较喜欢了。"

"好了,我们也该走了,"爷爷说,"福斯特,你的家人现在一定很担心你,我们也没有电话。"

"在这里除了收音机外,我们一样现代化设备都没有。"婆婆自豪地说。

"去年十二月,那台收音机刚过十九岁生日。"爷爷补充说,"我们现在还是赶路吧。"

就在福斯特站起来的时候,婆婆在他后脑勺上盖了一样又大又扁平的东西,貌似是一顶帽子。这顶帽子通过一根套在下巴下方的带子固定住,福斯特一点也不喜欢它,但是不想显得粗鲁就没有摘下来。

契弗婆婆戴了一顶古怪的帽子,帽子上还系了一张面纱。

"明尼,你不跟我们一起去吗?"佩顿爷爷吃惊地问道。

"去的,这次我也要一起去。"婆婆回答说,"因为我再

第十章 秘密公之于众

也不想充当一个神秘人物。"

"波西娅,我刚和杰克叔叔打了电话,他认为最好报个警。"希达姑姑走到门廊说,波西娅和朱力亚正闷闷不乐地坐在栏杆上。他们三个人看上去都很担忧和沮丧。没有人看到福斯特的人影。"我现在就去报警。"希达姑姑走了进去。

但就在那一刻,他们听见了一阵非同一般的噪声,它正慢慢靠近,声音变得越发响亮和狂野。希达姑姑转过头盯着那个方向看。

眼前的一幕令她目瞪口呆,一台左右摇摆的机器发出吵闹的声音,正向房子走来,与其说它是一辆汽车还不如说它是一只巨大的昆虫,后座上还站着三个人,仿佛是从另一个时代穿越过来的,一位年长的老太太戴着面纱,穿了防尘罩衫,一位年长的老绅士留着漂亮的胡子,一个小男孩后脑勺戴着一顶哔叽圆帽,活像一个蓝色的光环。然后她才看清楚那个小男孩正是福斯特。

当她向前狂奔,如释重负地洒下热泪,她脑海中也快速闪过了几个疯狂的猜想。福斯特是不是穿越到了另一个时间维度?他会不会回到了过去,然后又回到了现在?

"品达爷爷,您好呀!"朱力亚大声喊道。

"明尼哈哈婆婆,您怎么也来了呀?"波西娅大声喊道。

"你们怎么会找到他的？"朱力亚问。

"还有，是在什么地方找到他的？"波西娅问。

希达姑姑抱着福斯特，然后盯着朱力亚和波西娅。"你们认识这两个人？"她感到太困惑了以至于忘掉了礼貌。

"是的，这两个小孩和我们很熟悉，"爷爷走下车，脱掉帽子回答道，"但是我们发现自己一直都是神秘人物，直到今天才被你们认识。请允许我们做一下自我介绍，我叫品达·佩顿，这位是我的妹妹莱昂内尔·契弗女士，我想你就是贾曼女士吧？"

"没错，我就是朱力亚的妈妈，您——您好！但是，孩子们，你们为什么瞒着我呢？为什么不把你们的朋友告诉给我呢？"

"这都是朱力亚的主意，我们才会瞒着不告诉别人。"波西娅胆怯地说，但是她又补充说，"不过我也同意了这个主意。"

"我只是觉得，觉得这样会更好，就会更好玩。"朱力亚嘟哝地解释道。

"如果你们能征询一下我们的意见就好了。"契弗婆婆说，"不过也没有关系，反正也没造成什么危害。"

"爷爷他救了我的命，"福斯特看着佩顿爷爷点头说，"我当时陷在沼泽里——"

第十章 秘密公之于众

"什么?他救了你的命?你陷在沼泽里?老天爷啊!"希达姑姑大喊道,但是她又非常礼貌地说,"请你们进屋来坐一会儿,讲一讲到底发生了什么事。"

"好啊,不过恐怕我们只能待一会儿。"契弗婆婆优雅地从车上走下来。

朱力亚对福斯特说,"你是说你真的掉进了移动沼泽戈帕尔里面吗?"

"我不知道它的名字,但我确实掉进去了,一身都是泥,慢慢往下陷,真是讨厌死了。"

"是的,那就是戈帕尔。"朱力亚说。(波西娅心想男孩子真是太奇特了,朱力亚听上去竟然有一丝嫉妒的样子。)

希达姑姑在房间里快速地倒好了茶,他们就坐了下来攀谈,互相了解。波西娅看到契弗婆婆在打量房间里的家具和墙壁上的画。除了消失的湖那边的房子外,契弗婆婆已经很久很久没见过其他房子了。

他们互相说了很多话,有解释也有道谢,就在他们谈话的时候杰克叔叔回来了,他被车道上的车子吓了一大跳,他瞪大眼睛看着全都穿着老式服装的陌生人和外甥,语无伦次地说,"这,这难道是化装舞会吗?"

"杰克,这位绅士是佩顿先生,他救了福斯特一命。"希达姑姑庄重地说。

然后他们又讲起了事情的经过，感谢声又是接二连三，他们又喝了几杯茶。突然间，杰克叔叔转向品达先生说，"请问您想养一只小狗吗？"

"你能再说一遍吗？"佩顿爷爷说。

"我们家地下室养了很多只拳师犬幼崽，我们真是太感谢您救了福斯特一命，不然他就要永远沉在沼泽底了，我们真不知道该怎么报答您，但我又想了想，或许可以送您一只小狗崽。"

"那只猫可能会不喜欢这样的。"波西娅说。

"那么它就要尽量学会忍耐了，"佩顿爷爷反驳说，"我们一直想养一条听话的狗狗。你们的哲学家俱乐部一定要收留胖猫咪，让它也成为一员。"

"对于一只猫来说，这根本就不算难事。"契弗婆婆说。

然后他们都去了地下室看看小狗崽，每一只小狗现在都已经取了名字。那条雌狗名叫茜梅，另外四条雄狗名叫格列佛、奥赛罗、塔尔坎、塔里戈。

"我真搞不懂波西娅是怎么想到这两个名字的。"希达姑姑说。

"啊呀，塔里戈！我们一定要收养塔里戈，阿品你觉得呢？"契弗婆婆大声说，"快看看它折叠起来的小脸，它一定是一个很勇敢的小家伙！"

第十章 秘密公之于众

"它看起来确实很威武,"佩顿爷爷赞同道,"你觉得它现在已经可以离开狗妈妈了吗?"

杰克叔叔保证说小狗可以离开狗妈妈了,所以当佩顿爷爷和他的妹妹重新回到车上时,他们就有了第三位胖嘟嘟而又充满活力的乘客。

当大家道别过后,车子发动后,福斯特跑了上去,大声讲了些什么。

"我想再说一声'谢谢你们救了我一命!'"福斯特说。

"我很乐意效劳,"佩顿爷爷把车挂挡后说,"任何时候,我都很乐意再来拯救你。"

他们看着富兰克林牌老爷车摇摇晃晃地远去。

"除了收音机外,他们还有另外一样现代的东西,"福斯特说,"那就是车牌照。"

希达姑姑两只手分别搭在朱力亚和波西娅的肩上,然后说,"我觉得你们俩都有点自私,竟然不告诉我们附近还住着那样两位有意思的人物。"

第十一章　俱乐部会员

"明尼哈哈，"佩顿爷爷第二天说，"我决心要消灭戈帕尔。"

"你有什么计划吗？"契弗婆婆意识到他哥是认真的，因为他都说了她的全名。

"我的办法就是架桥。"佩顿爷爷说道。

"但是具体怎样做呢？"婆婆继续问道。

"这也是难点所在，或许可以造一个平台浮桥。打几个木桩，简单铺上木板，这样子就差不多了。"

"可是你自己都有可能陷入沼泽里，阿品。"

"哼！怎么可能，我肯定不会掉进沼泽里的。"

第十一章 俱乐部会员

"可是好像还有其他移动沼泽吧,你不太可能在它们上方全都架起木板吧?"

"架一座桥就行,只要人们当心些,那么其他移动沼泽就可以回避。我们可以警醒他们只走步行桥。而且我们已经锁定了其中的一个移动沼泽,我用晾衣杆做了标记。"

"不错,但是我还要去另找一根晾衣杆了。"契弗婆婆实在找不出可以反驳的话,就这样说道。

那天下午,朱力亚一个人过来了。"波西娅正忙着和一个女孩子交朋友呢。"但是听他的语气来看,这件事好像不太可能会成功(不过他绝不是有意这样说的)。"那个小女孩是戴维·盖森的堂妹,名字叫露西,她们一个上午没完没了地净说些有的没的,就像两只小松鼠那样叽叽喳喳个不停。我想我最好还是一个人过来算了,至少还可以采集些标本,或者做点其他事。"

"你没空做其他事了,我有任务要派给你。"佩顿爷爷说,"我现在有一个棘手的工程学问题,我想你可以提供一臂之力。"

朱力亚一听到这个工程项目,虽然其中包含了一些危险,还要与淤泥打交道,但是他这个人一下子兴奋了起来。

"这样我就可以亲自去拜访科林尼克劳岛了。"

施工材料很容易得到。"消失的湖如果不是一片木材区的话,那它可就真是一无是处了。"佩顿爷爷说,"我们要去卡斯特家的城堡挑选一些结实的木材做桩子,如果找不到就到洪堡德家的老房子去找找。"

野生黄瓜藤蔓结满了青白色的花朵,爬满了卡斯特家的城堡这座碎石废墟。在这里还生长着牛蒡、蓟和忍冬草,对于野草来说这片废墟显然是一片沃土。他们推开杂草,开路前行。朱力亚拇指上刮到了一根刺,佩顿爷爷小腿擦到了一块暗处的砖垛。栖息在木条堆里的无数小虫子此时急速四蹿,其中有甲壳虫、潮虫、地蜈蚣、飞蛾、蜘蛛、蚂蚁、蜈蚣,以及个子高高、来去无声的大蚊。朱力亚和佩顿爷爷在这片断壁残垣上忙得不亦乐乎,一个小时后他们就挖出了八根橡树木头,很适合用来打木桩。"这些就是门廊柱子,"佩顿爷爷说,"你看还有一个吊床铃铛依然系在上面呢。天哪,我还记得那张吊床的铃铛的声音,很像野鸡低沉沙哑的叫声,整个夏季的傍晚我总会躺在吊床上。"

他们最后找到了几根木桩和几米长的漂亮栏杆,朱力亚被叩头虫咬了一下("这种虫子应该不会咬人啊!"他生气地说),佩顿爷爷的夹克袖子在钉子上撕破了。他们身上都粘满了刺果,就连佩顿爷爷的胡子上也有几个。最后他们把找到的木料堆放在路边,他们虽然感到筋疲力竭但是非常充实。

第十一章 俱乐部会员

"明天我把手推车也带来,我们就可以开工了。"佩顿爷爷说,"这些木料可以先用一段时间。朱力亚,在我的菜园里有一个西瓜熟了,我都可以听到它在呼唤我的名字,我们去把它吃了吧。"

他们在水龙头边洗了洗手,然后佩顿爷爷放低海螺壳,向它吹气并等待另一个海螺壳的回应声。爷爷在门前的草坪上摆放了三张椅子。

不一会儿,他们就看见契弗婆婆脚步轻盈地在小路上走来。她穿了一件印着薰衣草图案的蕾丝裙子,她的帽子上还别了几朵三色堇花。

"我猜测我哥哥招呼我来是吃西瓜的,所以我做了准备工作,"婆婆拿出雨衣抖了抖,然后穿了上去,"我很喜欢吃西瓜,但是我不想看到西瓜汁溅到身上。是的,我一点也不喜欢西瓜汁溅在身上。"

西瓜切开后露出了火红的果肉,吃起来十分冰爽。大伙都没有讲话,只有他们吃西瓜时发出的那种甜蜜多汁的声音,以及从窗户进进出出的大黄蜂发出的惬意的嗡嗡声。塔里戈被系在一根长长的拴绳上面,它正在啃咬一块骨头磨牙,蹲在门柱上的大肥猫一脸鄙夷地观察着它。

"大肥猫好像一点也没把小狗放在心上,你们说呢?"朱力亚说。

"大肥猫可以屈尊俯就，小狗崽还很小，还不知道自己是谁。"爷爷说，"孩子，再吃点西瓜。"

朱力亚又吃了一块多汁的西瓜后说，"品达爷爷，你知道我在想什么吗？我觉得我们现在可以去招收一些会员，那样我们造桥或者干其他事就有帮手了。您觉得如何？"

"好主意，"佩顿爷爷拿起已经磨损的丝质手帕轻轻擦去胡须上的西瓜汁，"实话实说，我现在感到有点累了。"

契弗婆婆把西瓜皮搜起来准备喂羊吃。"我也有一个建议，"她说，"我认为要是能把福斯特也招进来的话，那就太好了。我真的觉得这非常棒。毕竟他都和移动沼泽打过交道了，还经历了那些事，可怜的小孩子啊。"

"嗯，我和波西娅早就想到了。"朱力亚向婆婆保证说，"今天吃早饭前我们就已经想好了。"

波西娅很喜欢她的新朋友露西·拉帕姆，她们的共同点非常多。她们都戴了牙套，体重都是八十五英镑，身高也是一样，都曾（在同一年）得过麻疹而不是腮腺炎。她们都喜欢英语课，不喜欢算术，最喜欢绿色，都穿着三码鞋子，都出生在十月份，而且日子相隔不超过一星期。"这也就是说我们的星座也是相同的。"露西说。

"天秤座。"波西娅说。

"我们的诞生石是一样。"

第十一章 俱乐部会员

"猫眼石!"波西娅说。

不过她们之间也还是有一些不同点,比如说露西对棒球很感兴趣,但波西娅毫无兴趣。露西喜欢旧金山巨人队,波西娅喜欢洛杉矶道奇队(仅仅因为朱力亚喜欢这支球队)。波西娅长着褐色直发,而露西长着黑色卷发。不过这些差异也是微不足道的。

"就让我们做最要好的朋友吧,好吗?"露西说。

"朱力亚才是我最好的朋友。"波西娅忠诚地说,"不过你可以当我第二要好的朋友。"

"我会当你最要好的闺蜜朋友。"露西说。这样听起来好多了。

她们手搭在彼此的脖子上,在草坪来回漫步聊天,然后在一棵枫树上荡秋千,接着又踏入清凉的溪流淌水,最后重新走回草坪,她们每时每刻都有讲不完的话。

"男孩子还行吧,"波西娅说,"至少我堂哥朱力亚就很不错,他人非常好。但是如果你真想和人聊天的话,那还是找个女孩子比较好。"

"我也是这么想的。"露西说。

"不过,请答应我永远不要叫我波什。"

"好的,不过你也不许叫我露。"

"我向你保证我永远不会这样叫你的。"

她们轮流坐在福斯特的秋千上,依旧聊得很投机。"露西,有一件事我很想告诉你。"波西娅坐在秋千上对着夏季的天空荡来荡去,"但是我先得获得朱力亚的允许才能说,因为这个秘密也属于他。"

"什么秘密呀,波西娅,快说给我听吧。"

"不,我现在真的不能说,或许明天就能告诉你。"

"唉。"露西叹气道。

不过一切都很顺利。朱力亚回来时,只见他身上都是果刺和木屑粉末,还散发着驱蚊药水的难闻气味,"嗨,波什,我想招收几个男生加入俱乐部,你觉得可以吗?我们需要劳力帮手。"

"如果我也能选一个女生加入的话,那我就同意。"她回应说,"我早就选出了一个合适人选。"

接下去的两天一直在下雨,朱力亚和波西娅虽然没有去消失的湖,但他们并没有闲下来。他们在为俱乐部挑选会员,朱力亚选了乔·费尔德和汤姆·帕克斯,波西娅当然选了露西·拉帕姆。在名单选定后,朱力亚和波西娅才动身去寻找这些会员,并告知他们加入俱乐部是一种荣誉。然后他们就介绍一下俱乐部。

"这个俱乐部的宗旨是什么呢?"乔·费尔德问。朱力亚说,"嗯,我无法肯定地说它有什么宗旨,波西娅,你说呢?"

第十一章 俱乐部会员

"好玩就是我们的宗旨。"波西娅说。

然后他们就介绍了这个神秘俱乐部的地址,以及它的赞助人佩顿爷爷和契弗婆婆。

"原来是那个老先生啊!"汤姆·帕克斯说,"我还看到他开着一辆超级老爷车呢。波克渡口的所有人都觉得他很搞笑。人们说他就像疯子那样疯疯癫癫。"

"人们还说他有个更疯癫的妹妹,一直待在家里不出去。"乔补充道,"人们说正是因为她脑子不正常才不出门吧。"

"听好了,"朱力亚命令道,"你们不要瞎讲,你们怎么可以这样说话!他们其实是好人,非常有趣的人,他们真的非常棒。是不是,波西娅?"

"他们是我见过的最好的、最友善的、最有趣的成年人。他们在我心中的地位仅次于我的爸爸妈妈、叔叔姑姑和学校里的英语老师。"

"你们可听好了,要是再那样乱讲坏话,我就取消你们的会员资格。我们还可以选其他人加入我们的俱乐部。知道了吗?"

"啊,不要那么认真嘛,"汤姆·帕克斯说,"如果你们说他们是好人,那他们就是好人咯,毕竟我们都没有亲眼见过他们。"

"我可不会把他们说得很差劲,"露西公正地说,"我感觉他们是非常可爱的人。"

"不管怎样,我们都想加入你们的俱乐部,见见那个地方和所有一切,"乔·费尔德说,"我听说过消失的湖,但从没有见过。"

"好吧,那么明天如果雨停了的话,"朱力亚看着灰蒙蒙的天空说道,"我们就过去玩一天。不过每个人要自带午饭。还有一件事,这是一个秘密俱乐部。我的意思是,只有在不得已的时候才可以告诉给你们的父母,但是不能向其他人透露,一定要记住了!"

他们都答应了,并都觉得秘密俱乐部是一种最酷的俱乐部。

幸运的是第二天天气很好,天空蔚蓝,夏日阳光很灿烂。孩子们按照计划在收费公路上会面,在朱力亚指定的那个地点——有一只红色破袜子的标记处。他们困难地穿过湿漉漉的榛树林,然后踏上长满青草的马路,虽然路面也还有点湿,但是根本就没有人在意。

"这条路真的很长呀!"走了一段路后汤姆·帕克斯说道。他有点胖,还带着一个最大的饭盒。

"路虽然长,但这是值得的。"波西娅向他保证说。

"哎呀,我一直想去消失的湖看看。"乔·费尔德说。

第十一章 俱乐部会员

他是一个个子高高的男生,长着棕色卷发。他长大后一定很英俊,但他现在还不知道,其他人也一样不知道。

他们终于爬上了山脊最高点,然后翻过它走到一片林中空地,从那里正好可以望见消失的湖。

"快看那里!"朱力亚的自豪之情溢于言表,就好像眼前的景色全部出自自己的创造那样。

"太酷了!"乔·费尔德惊呆了!

"竟然没有人跟我说起过这个地方!"汤姆·帕克斯有些气愤地说,"这么漂亮的一个地方就在我家附近,却没有人跟我说起过!"

"可是这地方看起来有点吓人。"露西用颤抖的声音说道。"你们难道不这样觉得吗?波西娅,你觉得呢?"

"一开始我也觉得有点害怕,但这里其实一点也不可怕。这里什么都有,简直就是最好玩的地方。"

"快看,佩顿爷爷在那边给弗洛伦斯挤奶,"朱力亚说,"小伙伴们快来,都过去作下自我介绍。"

这个早上就像一场美梦。这里真是有太多太多好玩有趣的东西可以介绍给俱乐部成员。他们不仅和佩顿爷爷和契弗婆婆作了介绍,还去见了小狗塔里戈、大胖猫、山羊、鸭子(小鸡当然不能算在其中)、沼泽花园、老房子和俱乐部。

"啊,这里真是太棒了!"汤姆·帕克斯着迷地盯着房间。

"你是说这里的所有东西都是我们的？可以让我们永久使用吗？"乔·费尔德难以置信地问。

"他们是那样说的。"

"好家伙，那幅画也包括在其中吗？"

"每样东西都可以使用啦。"

"他们真是太好了，"露西说，"难怪你这么喜欢他们。"

"下一次我要是在波克渡口看到有人在嘲笑他们，我一定会站出来说句公道话。"汤姆承诺道。

"我也会这样做的。"乔说。

吃过午餐后（他们在沃格哈特家旁的柳树荫下吃了午餐），男生跟着佩顿爷爷去造桥了。波西娅和露西就去做了一些轻松的家务活，一点也不吃力的那种。她们总是停下来聊天，波西娅倚靠在扫把上，都快把它压弯了，露西站着，一手拿着簸箕，一手拿着尘刷。

契弗婆婆搬出一把椅子坐在门廊里缝补衣服，她会时不时地放下手中的活计，闭上眼睛，仰面微笑。沼泽地里传来小男孩的声音，塔克唐家的房子里也传来他们的欢笑声。当婆婆闭上眼睛时，她感觉就好像回到了以前的塔里戈湖，自己还是一个孩子的时候。

第十二章 夏 猫

那年八月十分圆满，可能农民不这么认为，但是孩子们倒是这样觉得。基本上每天都是大晴天，基本上每天都有几名贤者俱乐部成员在消失的湖玩耍。福斯特和戴维有兴致的时候也会来，有时候还会有几个大人过来玩。对于波西娅和福斯特来说，这个八月如此圆满的一个原因就是爸爸妈妈也都来了，而关于俱乐部的事情，爸爸妈妈早在下火车之前就已经知道了。

"我差一点就淹死在这块沼泽地上，但就是在这里我们组建了一个俱乐部。"福斯特大喊着冲向妈妈，一个拥抱把妈妈的帽子弄下来了。

"在沼泽里建了个俱乐部?"妈妈问。

"不,是在沼泽附近的那个地方,在消失的湖那边。我在信里跟你说起过,你应该知道的。"波西娅解释道。

"噢,原来是在那里呀。我都快等不及想去看看它呢。"

后来,波西娅总是觉得非常幸运,因为所有人包括大人们,都很喜欢明尼哈哈婆婆和品达爷爷。同样幸运的是,明尼哈哈婆婆和品达爷爷也很喜欢那些合得来的大人们。

现在每逢他们去消失的湖,波西娅的妈妈和希达姑姑十有八九都会跟在后面走一段路,漫步在马路上,互相攀谈,就像闺蜜在一起时散散步聊聊天那样。波西娅在心里对自己说,我长大后还是会边走边跑,我还是会一跳一跃,或者单腿跳跃前进。

大人们过来时,契弗婆婆总是很高兴很兴奋。婆婆头上的丝绒蝴蝶结就像蝴蝶扇翅那样在轻微颤动,一看到他们过来就给他们品尝"一些新鲜饮料"。当他们离开时都会获赠丰盛的果冻和泡菜、香菜或薄荷干,或是一件从大房子里搬出来的瓷器饰品、以及驱蚊药水久久不会散去的气味,因为不涂的话就会被蚊子叮咬。

"现在我才知道那个气味是什么东西。"希达姑姑说。

第十二章 夏 猫

但是当她或者波西娅的妈妈恳请契弗婆婆过来拜访他们时,婆婆总是回绝。

"不了,亲爱的。"她坚定地说,"我是一只名副其实的蜗牛,我不想离开自己的家,我意思是到死都不会离开这里。不过任何时候我都欢迎你们来,你们来我就会非常开心。"

于是他们经常过来拜访。

桥搭建得很顺利。每根门柱的一端都被削尖了,非常像一根巨型铅笔,每一根木桩都用佩顿爷爷(用笔直的山核桃树干做柄和槭树树干做木锤头)做成的木槌敲进了泥沼里。每一天,芦苇荡里都会响起海螺壳发出呼应之声,这可恼怒了黑鹂。男生都很喜欢帮忙,但是波西娅和露西在干了两天后就不去帮忙了。

"我受够了,身上都是污泥。"露西说。

"反正这种差事更适合男生做。"波西娅说完后就停止了手头的活计。

她们更喜欢去明尼哈哈婆婆那里玩,或是去树林里闲逛、看看破败的老房子,又或者是采摘黑莓,此时黑莓已经成熟了,外表和黑色大理石一样光滑。在洪堡特家后边,有一个很破旧的雪橇插在泥土中,上面长满了旋花。有时她们就会坐在那里聊天。她们有时还会去沼泽里采摘苔藓,用作日式园林的素材。她们总有做不完的事情。

有一天下午,契弗婆婆带领她们去了她家楼上一个房间,搬出一大箱子的舞会礼服给她们穿。

"可是您以后可能也会要穿的。"波西娅贪婪地看着面前的一对衣服说。

"舞会礼服我以后都没有机会穿了啊。"契弗婆婆笑着说。

这些礼服是婆婆和她几个姐姐老早以前穿的,还有几件年代更久远,是她们妈妈穿的。

"你们家真的很持家呀。"波西娅拿起已经泛黄得很厉害的裙子说道。

"是的,我真是太幸运了,我有这么多衣服连穿都穿不完。波西娅,你手里拿的这件裙子是巴黎一个有名的时装设计师沃斯设计的,我的姐姐波莉穿的就是这件。她第一次穿上这件裙子时,我是裹着睡袍走下去看她的,非常好看。就是在那天晚上,在阿提卡的贾斯珀家舞会过后,她的丈夫向她求婚了。亲爱的,放下手中的裙子把它挂起来吧,欣赏它的美。我的姐姐们知道怎样转身,裙子会旋转得很漂亮。"

一件又一件裙子从大箱子里拿出来,有丝质的、绸缎的、天鹅绒的和塔夫绸,以及一种叫作麦尔纱的布料。有些裙子在时间的洗礼下已经磨损和褪色,但是有几件还保持得很完好。这些衣服闻起来有一股浓厚的樟脑味和古旧的气息,有几件裙子还散发着淡淡的香水味。

波西娅费了好大劲才穿上沃斯设计的晚礼服,有几次还差点绊倒。

"天呐,明尼哈哈婆婆,你姐姐穿这件裙子时是几岁呀?她身材怎么样啊?我肚子这边非常宽松。"

"怎么了,我想她那时应该十九岁,那个时候的姑娘都喜欢苗条的腰身。波莉的腰围有二十英寸,所以她身材是属于肥胖那种。海伦娜·洪堡特穿上束胸后腰围只有十七英寸左右。"

"穿束胸?"

"就是紧身胸衣。让我找找看,这里就有一件。"

"天哪!"波西娅说。

露西把紧身胸衣套在T恤和蓝色牛仔衣外面,穿上后她看上去就像一个角斗士。当契弗婆婆束紧胸衣后,露西被勒得都喘不上来气。

"啊,我肋骨都发出嘎吱嘎吱的响声了。我无法呼吸了!"

契弗婆婆解开束胸,露西如释重负地长叹了一口气。

"我很庆幸现在这个时代不用束胸。"

"蓝色牛仔裤流行的年代也不用束胸，"婆婆赞同道，"贝比-贝尔一定会非常嫉妒你的。我记得我们曾经拯救过几只夏猫——"

"夏猫是什么？"波西娅和露西同时问道。

"那是布莱斯-吉迪翁女士的夏猫。你们挑选好裙子后我们就下去喝杯柠檬水，然后我再和你们讲夏猫的故事。"

波西娅一心只想要沃斯晚礼服，因为腰部比较宽松。婆婆用一条很宽的腰带系在波西娅腰上。"罗马腰带，"她在后腰打了个很大的蝴蝶结，"我的姑姑欧拉莉亚在我七岁的时候把这条腰带送给了我。后来每次生日聚会我都会戴上它，直至年满十六岁后才不戴。"

婆婆发出啧啧声然后说道，"我时常在想，造物主看到我们这样利用它创造的万物会有何感想，像这种衬裙的原材料来自一头海洋深处的大鲸鱼。"

那件架子上的裙子的布料是一件蓝色丝绸，饰有天鹅绒丝带和几粒装饰性纽扣。

"呃，我穿这件裙子也是腹部太宽松了。"露西说。

"没关系，我也给你一条腰带，它原本是珀西的。快看看镜子，你们俩穿上裙子真好看。"

第十二章 夏 猫

"我锁骨太突出了,"波西娅神情严肃地说,"而且我肘部也太尖了。"

"随着时间的推移,就会慢慢好起来的。"婆婆安慰道。

但是露西对自己没有作任何评价,因为她觉得自己非常漂亮,裙子和她也很相称。下楼梯时,她们穿的长裙子就鼓了起来,在小腿周围摇摆。"我感觉这件裙子就像被风吹起来的船帆。"露西说。

"你这件裙子看起来更像一只小型软皮艇。"波西娅说。

他们带上冰凉的陶罐来到门廊,席地而坐,高雅地啜饮饮料,样子像极了旧时淑女。唯一不搭调的地方就是波西娅裙摆下边露出来的脏脏运动鞋和露西裙子下边露出来的平板鞋。

"我想听一听夏猫的故事。"波西娅提醒婆婆。

"好的,那是布莱斯-吉迪翁女士养的夏猫。她每年都会去布莱特或者是霍波特森的农场,要几只小猫咪。那些小猫咪非常可爱。把小猫咪领回家后,她会精心照顾它们,等到9月15日的时候,她会把猫咪带到克里斯比医生那里,给它们打麻醉药。"

"怎么可以这样啊!"露西大喊道。

"太可怕了！"波西娅说。

"我们也深有同感。我一直都忘不了贝比-贝尔听说这件事时的反应。她跑过来对我说，'明，你知道那个刻薄、阴险、肥胖的布莱斯-吉迪翁女士厌倦了领养的小猫后会怎么对待它们吗？她就会杀死它们，她竟然干这种事！'贝比-贝尔是一个心直口快的姑娘，我也是。'天哪，她就是个谋杀犯！'我说。贝比-贝尔又说，'明尼哈哈·佩顿，我想和你保证一件事，今年她休想再干这种坏事，因为我要从她家里把那些小猫都偷出来。就这样定了！''天哪，贝比-贝尔不会真去偷猫吧？'我一脸吃惊地说。她又说，'其实，我的意思是去拯救它们。''但是怎么做呢？'我问。她回答说，'我还不知道，但我会想办法的。'我心里知道她一定会想出办法来的。"

"关于布莱斯-吉迪翁女士有一件事，我都不知道该如何讲出来，但是当我想到她的时候，我就会拿她和一艘大型远洋游轮——噢不，是一艘战舰——联系在一起。战舰就是一个劲地往前冲，把周围的小船、鱼类或是在游泳的人全部冲撞开。是的，她能把一切都冲撞开。她穿了一件和你今天看到的差不多的紧身胸衣，但是穿在上面只是让她身体看起来就像一个粗壮的8字形，她的脸颊非常红——"

"可能是胸衣束得太紧了吧。"露西激动地说。

第十二章 夏 猫

"可能吧,总之你见了她就会觉得很叹为观止。是的,她真的是令人大开眼界。她会在帽子上别花朵或羽毛,手指上戴珠宝,那种非常大的钻石,还有红宝石。她有一颗翡翠,就像一汤勺薄荷果冻。她脖子上挂满了各种各样的项链,有威尼斯玻璃豆、珍珠和金链子。她看上去能给人一种坚固的感觉,我不知道该用什么话来描述,即便是她戴的假发看上去都是硬硬的,就像我们在沃格哈特家看到的那块又圆又黑的黑麦粗面包——"

"她的外貌大体就是这样。当然了,她虽然一个人住,但是在生活上需要别人帮忙。每当她看到盘子或杯子打碎了,她就会把她认为应当对此事负责的女佣叫过来,然后指着破碎的杯子对女佣说,'看到了吗?'然后她会猛地把盘子或杯子摔碎在地板上,'看清楚了吗,杯子摔碎后就一点用处也没有了,还不快点把碎玻璃收拾好。'"

"天哪!"露西说。

"我对她的感觉真是越来越坏了。"波西娅不开心地说。

"是的,她个性十足。不过她也有好的一面,她身上也并不全都是缺点。她实在是太富有了,所以反倒不能像个正常人那样生活。她喜欢唱歌,年轻的时候她有志于当一个歌手。所以每年夏天她都会在自己的别墅里举办一场音乐会。

每位父亲对待那场音乐会都是充满抱怨，害怕去参加，而每位母亲似乎都很喜欢参与其中，小女孩们既害怕又喜欢（男孩子基本都不在邀请之列，因为他们太会捣蛋了）。女孩子一想到在音乐会上要全场端端正正地坐着，而且不允许嬉笑，就感到害怕，不过她们对音乐会结束后会供应的冰淇淋和精致的小蛋糕充满了期待。"

"每年的音乐会都差不多。比方说，到户外去打网球或者划船，这些活动对于每位父亲来说都是很愉快的事情。每个人都穿着最好看的衣服，但都觉得很别扭，而且金色的小椅子坐上去还非常不舒服。"

"音乐会都是以拉夫纳尔女士的钢琴独奏拉开帷幕，她弹钢琴非常优雅，手腕灵活地抬起来，指头上的戒指闪闪发亮，她还时不时地皱起眉毛。看到这一幕我们总是要努力憋住不笑。我记得我的姐姐珀西为了防止笑出声来就咬住了自己的辫子。而我的办法就是用力捏疼自己的大腿，这真是一种煎熬啊。"

"我感觉这就像教堂里的一条狗，在过道上走着走着就一屁股坐下来，然后用抓子抓挠耳朵。"露西说，"而此时正是布道的时候，它心里一定会紧张得怦怦怦直跳吧。"

"你说得很对。不过在拉夫纳尔女士眉头也皱过，眼睛也瞪过，表演完几首钢琴曲后，克莱·德莱尼就会用曼陀林

第十二章 夏 猫

弹奏几首歌，我们都喜欢他，所以没有人会发出笑声来。在那之后节目会有一些变化，玛丽·洪堡特会上台表演竖琴，或者是沃格哈特先生上去演奏小提琴。这一点也不好玩，而是相当无聊，贝比-贝尔说这让她觉得全身都发痒，就好像得了水痘一般。然后，布莱斯-吉迪翁女士就会像一艘战舰那样飘上舞台，放声高歌。"婆婆很无奈地笑道，"唉，这歌她唱得，唱得太——"

过了一会儿后她继续说道，"就连她的歌声都是很僵硬的，十分嘹亮，她用德语和法语唱歌，当她用英语唱歌的时候听起来完全不像美国人的音调（尽管她的家乡在匹兹堡），甚至连英语都不像。她脖子上的每根项链都在颤抖，闪闪发光。然后吊灯上玻璃灯罩也在颤动，我们也跟着抖动身体，铆足了劲不笑出来。有时我会想一些难过的事情来转移注意力，比方说我的叔叔托马斯战死在阿波马托克斯，我就会把这件事和自己联系起来，尽管我完全不认识我的叔叔托马斯，但只要一想这些事我就能立刻止住笑声。"

"这些事不讲了。现在讲讲那个夏天，就是那个夏天，我们得知布莱斯-吉迪翁女士家将要对小猫咪下毒手，同时我们也得知音乐会也要举办了。唉，你们真该见一见贝比-贝尔当时的反应，当轮到布莱斯-吉迪翁女士唱歌的时候，贝比完全没有发笑。是的，她一点也没笑。她只是坐在那里,双手交叉抱在胸前,十分严肃地盯着布莱斯-吉迪翁女士,她看上去就像一个印第安酋长或是法官这一类的人物。布莱斯-吉迪翁女士这一天在她帽子上别了很多很多东西(后来我听见爸爸对妈妈说那顶帽子让他想到了新英格兰的炖食)。每当她唱一个高音,帽子的边缘都会剧烈地抖动。即便这样,贝比-贝尔也都没有心思发笑,我看见她这样也就没有笑出来。"

"搞笑的事情在后面,布莱斯-吉迪翁女士走向塔克堂女士,或者说慢慢滑向她,然后说,'贝比-贝尔好像对音乐很感兴趣,我在唱歌的时候,发现她听得非常入迷!'"

"可是那些小猫怎么办呢?"波西娅打断道。她并不是想鲁莽地打断婆婆说话,而是很关心那些小猫。

"我马上就要讲到小猫咪了。后来饭厅里开始供应冰淇淋,精致的小蛋糕摆放在银色的托盘上,就在这时,贝比-贝尔走到我身旁,对着我耳朵轻声说,'走,我们去救小猫!''现在吗?'我问。'我有点饿,你看这里有巧克力、香草、开心果和新鲜的桃子。''明,想好了,'贝比-贝尔说,'这事关小猫的生死,现在正是我们的时机。'我就说,'好吧,亲爱的,听你的。'贝比-贝尔对局势认识得很清楚。"

"她说得非常正确,那时确实是我们的最佳时机。所有人都在吃饭聊天,急促而含混不清地讲个不停。贝比-贝

第十二章 夏 猫

尔和我快速穿过花园,每棵蜀葵都开满了纸花(布莱斯-吉迪翁女士忍受不了蜀葵花停止开放,所以她就用彩色皱纹纸做了花朵,然后用胶水粘在枝叶上。)然后我们一路奔跑,穿过菜园子。"

"'我们这是去哪里啊?'我问贝比-贝尔。'我们要去猫咪住的马车房,'她说。但是当我们达到马车房后,我们发现门是锁上的。"

"'邪恶的老婆娘。'贝比-贝尔说,'我猜她是怕自己宝贝的破旧四轮马车和破旧的小轿车被客人偷走。'"

"'也许她是害怕我们偷走她的猫。'我说。贝比-贝尔看着我说,'明,这是拯救,不是偷窃,我们要一劳永逸地拯救这些猫咪。那边有一扇窗开着,我们爬进去吧。'"

"当时我和贝比-贝尔都穿了最好看的衣服,我穿了件有圆点图案的白裙,束了一条古老的腰带。而贝比-贝尔的裙子产自法国巴黎,饰有白色花边——很多很多小巧的蕾丝荷叶边。贝比-贝尔没有说话,一条腿翻阅了窗台。'贝比-贝尔,你这件从巴黎买来的裙子会弄坏的。'我说,她回应道,'切,我才不关心呢。事关生死,衣服破了算什么。'然后她吃力地从窗口挤了进去,而我很害怕就没有跟着她爬进去。我浑身哆嗦地站在窗外,假装在放哨。突然间,贝比-贝尔把一只小猫从窗口推了出来,'看好了,抱住它。'还有一只在哪里呢?''爬到电线上去了,但我一定会抓住它的,'她说。然后我听到一阵动静很大的攀爬声和喘气声,我感到很害怕,都有些出汗了,然后我听见砰的一声。我很害怕贝比-贝尔会出什么意外,但是她没事。她把第二只小猫咪也从窗口送了出来,'快抱住这只讨厌的小家伙。它们一点也不配合,拯救它们可真是费劲啊。'她看上去很生气,脸颊通红,热得不行。她的发带和往常一样没有解开,但是当她从窗口爬出来时,我差点失声尖叫。啊,她简直是一道独特的风景线,蕾丝荷叶边都成了破布,长筒袜也撕破了,双腿也有擦伤,她身上全身灰尘。但是,'快点,'她说,'我们还要穿过温室。'"

"我感到当时时间过得特快,但其实才过了一会会,因为我们翻过篱笆向外跑开后,还能听到从背后的那幢房子里传来的聊天声。"

"'现在我们去哪呢?'我问。我已经跑得上气不接下气,小猫咪还不停地抓挠我的脖子。'我们去科林尼克劳岛。'贝比-贝尔说。'我们就把猫咪养在那里,每天带食物给它们吃。'我觉得这个主意很棒。'贝比-贝尔,这个主意很不错呀。'我对她说,她说当然啦。"

"等我们到了塔克唐家的船坞后,她叫我抱着猫咪等着,过了一会儿,她换了件裙子出来了,她把头发也梳了

第十二章 夏 猫

起来,看上去很淑女。这个形象比她以往任何时候都要淑女。'我给小猫咪带了一瓶牛奶。'她说。"

"'但是你那件从巴黎买的衣服被你爸妈看见了该怎么办呢?'我问道。她说,'他们暂时不会看见那件裙子的,因为我把它塞进烟囱里了。等到他们发现了的时候,我也会想出解救办法的。'她性格就是这样,她的座右铭就是'肠满今朝愁,莫添他日忧。'"

"你们安全地把猫咪带到了科林尼克劳岛吗?"波西娅问。

"是的,我们做到了。它们坐在皮划艇上很悠闲,一点也不害怕。然后我们把猫咪带到了房子里,放在床上,给它们喂牛奶喝,它们立刻安静了下来,变得很乖很乖。"

"那天晚上我们带了几个男孩过来,我们信任他们,他们也同意提供鱼干。所以从那天起,不论晴天还是刮风下雨,我们每天都会划船去科林尼克劳岛,给小猫咪喂吃的。我们带来了牛奶、白鲑、银色小鱼、黑鲈,反正小猫咪的伙食非常丰富,所以它们长得又胖又圆滑。到后来,临近我们离开塔里戈湖的时候,我们就把猫咪托付给了本·盖特威(他就是那个清扫人行道和修剪篱笆的那个老爷爷)。他给这些猫咪找到了温馨的家,他真是个有爱心的人呐。"

"那年夏天之后的每一年,只要我们还住在塔里戈湖,布莱斯-吉迪翁女士的夏猫总会在8月末和9月中旬突然神秘地消失，大人们都对这件事摸不着头脑。'这件事跟我没有一点关系，'布莱斯-吉迪翁女士对拉维纳尔女士说，'不过这也好，我省得再去克里斯比家农场跑一趟了，我觉得这就是老天眷顾我吧。'"

"你和贝比-贝尔才是小猫咪的命中贵人，"波西娅说，"布莱斯-吉迪翁女士就别提了。"

"也许我们受到很多来自别人的恩惠，只是我们不知道。"婆婆说。

露西刮掉了杯底最后一点糖。"我很喜欢贝比-贝尔的说话语气，"她说，"我敢打赌她会是巨人队的粉丝。"

第十三章　消逝的岁月

　　桥马上就要建好了,出乎所有人意料的是,这座桥看上去非常美观。他们原本只想建一座实用、坚固、耐用的桥梁,却没想到最后会那么漂亮。卡斯特家精致的栏杆给这座桥增添了一份美感,这座桥优雅地横跨在戈帕尔这个移动沼泽上面。

　　"这看起来就像我们家里的那幅日本风景画,"朱力亚说,"不过那座桥是红色的。"

　　"好,我们也可以给它涂上红色颜料,何乐而不为呢?"佩顿爷爷说,"那样的话就会非常醒目。"

　　"品达爷爷,也许我们还应该给它取个名字,我们还可以举办一个庆祝会。所以我觉得还是等这些事都办完之后,等我们一起在桥上走过之后,再去探索科林尼克劳吧,我觉得这样才比较公平。"

朱力亚提出的这个想法很高尚,而且只有他想到了。

所以当桥上涂的油漆干了后(涂油漆可不轻松,他们身上都是颜料),他们举办了一个庆祝会。契弗婆婆穿了件带有手工刺绣饰带的绒面呢套装参加庆祝会,她还戴了一顶别着弯弯的孔雀羽毛的帽子。露西穿了一件从晚礼服箱子里找出来到红色长裙,披了一件饰有五彩小珠子的短斗篷。波西娅穿着引人注目的塔夫绸裙子和必不可少的罗马腰带。佩顿爷爷和男生的穿着就和平时一样,比较随意,福斯特和戴维的穿着过分随意,相比之下显得有点邋遢。但是大伙都很欢乐,一副喜气洋洋的氛围。

朱力亚特地带了一瓶姜味汽水。

"不过你确定这个场合适合喝姜味汽水吗?"波西娅问。

"为什么不可以呢?我们总归要用点什么的,给船取名时用香槟酒,给婴儿洗礼时用清水,你觉得我们的庆祝会该用什么呢?巧克力牛奶吗?"

"疯子。"波西娅说。

夏日午后淡淡的阳光斜向照射下来。一阵清凉微风吹过芦苇丛,给人一种秋天的感觉,芦苇发出清脆的沙沙声。朱力亚把姜味汽水(汽水瓶脖子上系了根红丝带)递给佩顿爷爷。

"爷爷,您能主持一下这个庆祝会吗?"

"我感到很荣幸。"爷爷接过瓶子说道。他走向正在一旁等候的人群中。"女士们先生们,"他说道,"还有山羊们、狗狗猫猫、鸭子小鸡们、蟋蟀大黄蜂们、青蛙、蛇、空中的鸟儿,以及在听觉范围内的全体——"

"您忘记了蚊子。"波西娅说。

"是的,谢谢你提醒。还有蚊子、毛虫、乌龟、酣睡的蝙蝠、住在洪堡特家地下室的臭鼬,以及在听觉范围内的全体——"他放低了瓶子说,"朱力亚,我们究竟给这座桥取什么名字呀?"

所有人都把这件事给忘了,现场沉默了起来。

"为什么不把它叫作戈帕尔桥。"福斯特说得很有道理。

"太棒了,大家都赞同这个名字吗? 太好了,我以贤者俱乐部和消失的湖的每位居民的名义,给这座桥取名叫戈帕尔桥。"佩顿爷爷在空中挥舞了几下瓶子,然后用力砸在栏杆上,玻璃瓶碎裂,四处弹开,姜味汽水发出咝咝声淌进苔藓里。

福斯特突然大喊了一声,破坏了庄严的氛围,"死在这个沼泽里的最后一个生物是一匹老马。"然后一步一跳跨过了桥,戴维紧跟在他后头。

然后契弗婆婆、波西娅、露西排成一队,庄重地从桥上走过去,她们优雅地提起裙子,但裙子还是发出了一些摩擦声。佩顿爷爷和三个男孩跟在后面,桥的承重能力非常好,只是微微地在摇摆。底下的沼泽在颤动,桥也在微微颤动,这既有警醒的作用也很好玩。

福斯特自然感到小岛是属于自己的那样,所以他站在一旁为契弗婆婆挡开像针一样的树枝,就好像拉开门帘那样。

"这座小岛都已经长满了植物。想想以前,我们在塔里戈湖对面就能看到岛上的小屋,真是变化太大了!"

"我们很快又能再看到那一幕,"佩顿爷爷肯定地说,"我们下一件事就是把前排的一些树砍掉。"

福斯特最先到小屋,他把门打开了。

"就是这里。我来过这里,大家快来。"他说。

"天哪,这座小屋看起来太诡异了。"波西娅说道。她在心中默想,要是我在雷雨天独自躲在这样一座小屋内,我肯定会死掉的,肯定熬不过去。

"男孩们,来帮我把这些百叶窗都打开,"佩顿爷爷

第十三章 消逝的岁月

说,"众所周知,巫婆受不了太阳光,因为阳光会让她们的头发卷起来,她们可忍受不了这种事。"

百叶窗打开后,房间看起来更明亮了。

"下次过来的时候我要带上一把扫帚,"波西娅说,"看到这间小屋我就想做点清洁工作。"

露西在满屋子嗅闻,"我很喜欢小屋内的气味,它散发着松针的味道和一种苍老的气息。"

"别管了,快来看看,我找到了一间厨房,"福斯特发出指令,"这间厨房很干净呢。"

"哪有,一点也不干净。"契弗婆婆走进来后说道。

"我的意思是,厨房看起来很漂亮。"福斯特说。

"好吧,"契弗婆婆说,接着她又说道,"天哪,这让我想起了过去。女孩们快看,看见角落里地上那只茶碟吗?那一定是最后一只夏猫用过的——"

"嘿,品达爷爷快看,"朱力亚大喊道,"快来看桌面上刻的字,字迹竟然是塔尔坎。"

"天哪!"

"塔尔坎是谁?"戴维问。

"那是我们养过的一条狗的名字。"福斯特说。但是他听上去很困惑。

"没错,不过这也是我很久之前认识的一个男孩的名字,"佩顿爷爷说,"有一年他用攒下的钱买了一把瑞士军刀,然后他就开始到处刻写自己的名字,在篱笆上、贤者之石上面(虽然并不是用那把刀刻的),还有树林里的树干上都有他刻下的名字。"

"这是一间漂亮的小屋子,福斯特,"戴维说,"我希望这间小屋是我们俩的。"

"这间屋子可以是你们的呀,阿品你说是不是?"契弗婆婆说,"这间小屋就是贤者俱乐部的延伸啊。"

"福斯特和戴维可以部分拥有这座小屋,"朱力亚问其他人,"我的意思是,它是属于每一个人的。"他又快速补充说,"不过他们可以成为名义上的主人,因为是福斯特发现这间小屋的。"

"太好啦!"福斯特轻轻向空中跳了一下。

"太好啦!"戴维重复说道,"福斯特,我们可以带一些东西放这里,我会带来一些化学实验器材和马丁掠夺者。"

"那我带上激光枪和一些吃的。"福斯特说。

"但是有一件事你们一定要牢记在心,"佩顿爷爷警告说,"你们到这里来只能走那座桥,你们离开这里也是只能走那座桥。绝不能把沼泽当作儿戏,绝不能。"

"一定,绝不会把这当儿戏。"福斯特发自心底地承诺

第十三章 消逝的岁月

道。

"一定，绝不会把这当儿戏。"戴维虽然不是发自心底地许诺，但也同样是认真的。

消失的湖的宁静被打破了，它不再宁静。起初会断断续续传来斧头劈砍的声音，然后是横切锯发出的银铃般的响声，最后又传来人声，"好木材！"绿树一棵接一棵，庄严地倒下去，直到把小屋周围的树木都砍光，阳光又能照射进这间小屋。

"砍掉的树就任由它们倒在那里好了，因为这样又是一道应对移动沼泽的安全保险。"佩顿爷爷说，"我们不需要拿它们当柴烧，我们甚至连卡斯特家的旧木料都没用完，等烧光卡斯特家的旧木料后，我们还可以用洪堡特家的马车房，这些木料非常适合作柴火，而且多得用不完。"

消失的湖重新又焕发了活力，男孩们在干体力活，波西娅和露西坐在雪橇那边或者沃格拉特家的柳树下碎碎念，在科林尼克劳岛上，福斯特和戴维在木屋内跳上跳下，就像招潮蟹那样从沙洞里进进出出。当契弗婆婆坐在家里的门廊上缝补衣服的时候，她时刻关注着孩子们，同样地，当佩顿爷爷在打理蜂箱和菜园的时候，他也是远远看着孩子们。但是小男孩们根本就没有注意到这件事。他们大声嬉闹，你追我逐，做自己喜欢的事情，就像国王那样幸福，但要自由得多。

幸福的日子一天一天慢慢地过去了，马上就到九月了。爬满卡斯特家的野生黄瓜藤已经长出了绿色的带刺的果实，就像刺猬鱼那样饱满。

"黄瓜干瘪后，样子就像用秸秆编织的小钱包。"契弗婆婆对女孩们说，"我小时候就经常采摘黄瓜，用纱线将一端缝起来，然后用纱线变成带子系在上面。然后我的洋娃娃就能每人拥有一个小钱包。黄瓜里面的籽我没有取出来，因为它们可以充当钱币。"

沼泽花园里顶着黄色花冠的兰花和开着白花的兰花，已经过了美艳的花期开始凋零，而帕那色斯草星形的白色花朵依然在风中摇曳。

契弗婆婆带着波西娅和露西到沼泽和林地中间的那块地方，观赏深红色的红衣主教花，这些花朵颜色非常艳丽，生长在旁边的植物是它们的表亲蓝花半边莲。

"对了，你们可以在龙胆草开花的时候来这里看看。半边莲的蓝色花朵很漂亮，确实很美。但是龙胆草开出的蓝色花朵是蔚蓝色的。"

沼泽地上遍布一块块紫色、洋红色和黄色的花丛。紫色和洋红色的是斑鸠菊、千屈菜和紫兰草，黄色的是一枝黄花的花苞。

第十三章 消逝的岁月

"这些花意味着秋天要到了,"契弗婆婆叹息道,"唉,还有好多事没有做完,还有好多果子没有采摘。"

不过女孩们帮忙完成了一件大事情,她们爬上苦樱桃树把果子摇晃下来,果子都掉落在一张旧床单上面。她们还帮忙采摘了亮晶晶的接骨木果,这种果实可以做成果冻,也可以用来酿酒。契弗婆婆存储了一些黑莓、蓝莓、蔷薇果和她能采摘到的任何一种果子。看来这里的果子多得都采摘不完,而有些果实还特别奇怪。贯叶泽兰的根须就是一个例子,"它可以治感冒,"契弗婆婆说,"不过我们基本上都不会感冒。"而晾干了的紫兰草叶子,"可以治风湿,"婆婆说,"不过我们基本上不会得风湿。但是还是要采摘一些,以防万一。"

"是的,确实要提前防备。"波西娅赞同说,她的语气听起来非常像契弗婆婆,以至于露西忍不住笑了出来。白芷的茎干很早之前就被切割了下来,并被做成了蜜饯。阁楼里有一盘子牛膝草花朵,放在那里晾晒。

"过段时间后,我会用牛膝草花泡茶喝,"婆婆说,"我会用水煮开花茶,并加点糖。胃不舒服的话,只要喝一酒杯这种花茶就会有奇效。"

"好像每种植物都是可以食用,或者可以派上用场的。"露西说。

"不过有些植物是有剧毒的，"婆婆兴致勃勃地对她们说，听起来就像一个巫婆，"沼泽那边有一种植物看上去有点像安妮女王裙子上的蕾丝，这种植物叫毒芹，它的根可以毒死一个壮年男子。"

"不过它看起来一点也不像有毒的，"波西娅反驳道，"它的样子只是非常难看而已。"

"许多杀手外表都很温和，"婆婆说，语气更像是一个巫婆，"不过曼陀罗是一个例外，你们可以在朱迪·查特的野鸡鸡舍找到几株曼陀罗。这种植物长了角，而且有刺的，符合有毒植物的典型外表。"她直起身子（她之前在收割薄荷）。"地球确实是一个神奇的地方，想想看吧，仅仅是在这里，这样一处简单的地方，就有可以毒死人的植物，也有可以治病、食用和讨好猫咪的植物。"

"咱们去瞧瞧曼陀罗吧。"波西娅说。

但是她们并没有直接就动身前去，因为她们听见福斯特在桥上打鼓（在桥上奔跑时会发出非常好听的噪声）。福斯特在桥上奔跑，踩踏出击鼓声。他正高举着什么东西，并在呼喊品达爷爷。

"品达爷爷，快看看我找到了什么！"他尖叫道，"你在哪里呀？"

戴维跑上桥，跟在福斯特后面踩踏出击鼓声。"品达爷

第十三章 消逝的岁月

爷,快来看看他发现了什么!"

小男孩们在科林尼克劳岛度过了愉快的一天。他们一起度过的这些天都非常快乐。首先搬进一间小木屋是一件很高兴的事情,而且根本就没有人督促你收拾东西。正是因为这个,他们偶尔还会收拾房间,甚至每过一段时间还有用扫帚打扫。

另一件愉快的事情就是你可以一边晒太阳,一边坐在戈帕尔桥上吃东西,而且不会有人督促你吃掉面包皮。由于他们时不时就会饿,所以他们把面包皮也吃了,但他们一般都会直接把面包皮丢进下面的沼泽里,面包皮先会浮一段时间,然后慢慢陷进去。

除了小木屋外,这座小岛还为他们提供了很多其他东西。比如树木闻起来有甜蜜的香气、一小撮白色的锡杖花,以及从松叶下方探出头来的橘色的奥尔类脐菇。在小岛最西北的地方有一艘破损的划艇,它可以被当作洛克希德F90、火箭飞船、原子能潜艇或是纯粹当作一艘划艇。

岛上乌龟也非常多,所以福斯特和戴维搭建了一个乌龟围栏。他们用六角形网眼铁丝网随意地围了一个围栏,在这个围场里面有各种忧郁的乌龟,漫无目的地爬来爬去,非常冷漠地看着彼此,忙乱地寻找一碟子水,男孩们用三明治里的肉和生菜喂乌龟。它们总是隔三差五逃走,福斯特和戴维发现逃跑的乌龟越来越多，也有可能他们重新逮回来的是同一只乌龟。因为它们长得都差不多。

"这些乌龟样子都差不多，"福斯特说，"如果给它们涂上红黑或者黄黑颜料就好分辨了。"

"从大小来看，有些是龟爸爸龟妈妈，有些是龟小孩，"戴维说，"我猜是这样，这和我们人类应该是一样的。"

但那一天他们发现一只与众不同的乌龟。

他们正在小岛西边的岸上寻找箭头，那边正好有一个很小的悬崖，悬崖上有一些石块和松树根伸出来。每当他们找到一个近乎三角形的石块，他们都会说，"伙计，这正是我们要找的。"或者说，"嘿，就是这块了，快看上面刀子刻过的痕迹。"他们其实在心底都很清楚，这些石头不可能是真正的箭头，但是假装相信找到的正是他们想找的是很好玩的一件事。

"等等，这里有一只乌龟。"福斯特大喊，然后快速在岸上奔跑并一把抓住了那只可怜的乌龟，它正在散步呢。"来吧，小乌龟，我抓住你了！"乌龟慎重地把头、腿和尾巴缩进了龟壳里。福斯特拿着乌龟在自己牛仔裤上擦去了泥灰，然后把它翻过身来，这时他发出了尖叫。

"怎么了？"戴维问。

第十三章 消逝的岁月

"上面竟然有字迹，快看！塔尔坎！这和餐桌上的字迹一模一样！品达爷爷说起的那个男孩竟然在乌龟壳上也刻下了自己的名字。上面还有日期。"

"让我看看。"戴维识字的能力比福斯特强一些，就从朋友那里抢过乌龟，查看上面的数字。

"1909，天哪！"戴维说，"这只乌龟岁数很大呀。"

福斯特把乌龟抢了回去。

"快走，我们要给品达爷爷瞧瞧这只乌龟。"

他们飞奔起来，穿过小岛，跑到桥上大喊，他们成功吸引了大家的注意。

波西娅、露西和契弗婆婆也都走了过来，她们手上抓满了花朵和叶子。品达爷爷也走了过来，他戴着的养蜂面罩在不停地摇摆。朱力亚和乔火速从楼上跑下来，汤姆·帕克斯满身都是灰尘，从德莱尼家前门台阶下面爬上来，他刚在下面是被这条牛蛇迷住（汤姆自称是"爬虫学家"，意思是他是懂蛇的行家）。

品达爷爷看了乌龟上的字迹。

"啊！真是想不到啊，"他惊叹道，"我记得这只乌龟，我记得塔克曾在它身上刻字。快看，明尼——"

"嗯，但是不要叫我明尼，好不好！"她妹妹说道。

"快看这里，塔克抓到这只乌龟的时候，它已经成年了。它年纪一定和我一样大,甚至还比我大呢。我希望,"品达爷爷悲伤地说,"我真希望我保养得能像它一样好。"

"我觉得你保养得比它更好,"福斯特亲切地说,"而且你比它好看多了。"

第十四章　卡普利斯别墅

到后来,大伙都突然感到自己闲得没有什么事情可以做,此时已是九月。孩子们很快就要开学了。波西娅和福斯特的学校要到九月中旬才开学,但朱力亚的学校在劳动节过后就开学了,在这一周后露西也要去上学了。过不了多久,她就要搬回居住地奥尔巴尼。

晚上很凉爽、很安静,星星在北极上空漫游,星光闪烁。清晨,草坪上结了一层白霜,但是当霜降临到消失的湖时就已经融化了,只有一些荫蔽的地方除外。每根芦苇都在闪烁,狗尾草上现出了彩虹。沼泽里的槭树已变成深红色。

"你知不知道人们一年四季除了秋天把树叶叫作秋叶外,其他时候都把树叶叫作树叶?"朱力亚说。

每件事都与秋天有关。树上和灌木丛中有椋鸟鸣叫,燕子成群蹲在电线上面活像五线谱上的不太音符。福斯特说树林里有一只鸟叫声很哀伤。

"它的叫声是'T.V.,T.V.',它只发出这种鸣叫。"

"我们以前听到它鸣叫都是发出'菲比,菲比'这样的声音,"契弗婆婆说,"但是又有谁能听懂鸟叫声呢?"

"如果这是一只雄鸟的话,那它大概是在说,'看我,快看我。'"波西娅说。朱力亚伸出他那双大脚,把她绊倒了。"

现在这个季节要想走在沼泽里就要穿上靴子(扑哧、扑哧),还要留心蜘蛛网。

"这个季节正是蜘蛛活跃的时候。"佩顿爷爷说,而事实也是如此。在芦苇丛里到处都是带着小露珠的蜘蛛网,他们没过多久就会再次撞见一张特大的蜘蛛网,蛛网上住着黑黄相间的漂亮蜘蛛,此外还有一条丝线踪迹,好似蜘蛛的签名一样。

"这些天每逢我出门去看天象,查看星星的位置的时候,我都会随身携带手电筒,"佩顿爷爷说,"因为这个时候大型夜行蜘蛛会出来活动。它们织的蛛网挂在很高的地

第十四章 卡普利斯别墅

方,系在树枝、晾衣绳、单坡屋顶上面,然后再吐一根和你个头差不多的长丝线定锚在地面上。蛛网中间会有一只白色的大蜘蛛,体型和一枚五十美分的硬币一样。"

"虽然没有二十五美分硬币大,"波西娅说,"但这个体型的蜘蛛已经算大的了。"

在露西要离开的前几天的一个下午,她和波西娅在消失的湖后面的树林里散步。她们从没去那里逛过,所以觉得不赶在离开之前去那里走一走就亏大了。沼泽看上去有些异样,十分平静。大男孩已经去学校读书了,小男孩由布莱克女士带着乌龟剪头发了。契弗婆婆正忙着做耶稣葡萄果冻,佩顿爷爷在打瞌睡。

"T.V.",树林里那只忧伤的鸟儿在鸣叫。

波西娅和露西走出了宁静的树林。四下没有风,天空有很多云朵。天是不会下雨的,因为佩顿爷爷已经说过了,但看着这种天气就会感到随时可能会下雨,因为空气很凉爽,感觉一场雨即将到来。

"斯卡普,斯卡普。"远处高空一只乌鸦在鸣叫。周围一片寂静,一片树叶不情不愿地飘落下来,然后又是另一片。

"树叶现在就开始凋落了,也太早了吧。"露西有点生气地说。

"不，现在是秋天了，真是太讨厌了，"波西娅说，"唉，我真希望一切才刚刚开始。"

"我也有同感，"露西长长地叹了口气，"波什，这是一条路吗，还是说是我想象出来的？"

"这也许是一条老路吧。让我们走下去看看它通向什么地方吧。"

因为长满的杂草，所以这条路有时几乎都认不出来，不过她们还是设法没有走偏，过了一会儿露西说道，"我觉得前面有什么东西，是的，快看，那是一堵墙。"

"那边还有门柱。"波西娅说。

这些门柱比她俩身高还要高，而且爬满了毒葛。透过深红色的叶子看进去，她们看见有凸起的正方形混凝土大字，这些字有点像墓碑上的那种字。波西娅捡来一根枝条，小心地挑起上面的藤蔓，以便看清字迹。

"卡普利斯别墅！露西，这就是布莱斯-吉迪翁女士的房子。这幢房子这些年来从未有人进去过，让我们进去瞧瞧吧！"

"好吧，不过这里有点阴森可怕。前面那些树看起来好吓人啊。"

"噢，我觉得它们看起来只是有些有趣，快点跟上来。"

第十四章 卡普利斯别墅

在门柱后边的那条路以前肯定是车道,不过它和刚在指引她们过来的路一样,都已经杂草丛生。契弗婆婆也说过,很久以前树木就已经掩盖了卡普利斯别墅。原来那些树之所以看上去那么可怕,其实是因为忍冬藤蔓七缠八绕爬在树上造成的,所以它们看上去一点也不像树,而是像一个弯着腰披着披肩的巨人形象,又或像被船帆包裹住的沉船。

"天哪,这里也太安静了。"露西大声而又活泼地说道。

"是的,没错,嘘!但是如果你那样大声叫喊的话,只会让我们更觉得这里很安静。"波西娅有点自相矛盾地说道。

"她为什么要造这些路呢?我一点也想不通,我的天哪,房子到底在哪里呀?"

"我觉得前面就是了,我看到了什么——"

眼前的树细了一些,环绕成一条弧线,她们停下来脚步。卡普利斯别墅就伫立在前方,杂草和荆棘都已经长到了窗台的高度。

房子看起来就像海底的一块凹凸不平的大石头,角楼、凸窗、防卫墙和阳台都处在一大片绿色藤蔓的包裹下。房子后面的女贞树篱已经长得和树一样高,都弯过来生长了,望过去一片深绿色。

"天哪,我觉得这听上去很吓人,你觉得呢?"露西说。

"是有点吓人。"波西娅承认道,"不过既然我们现在已经到这里了,所以我觉得还是要过去看一下才好。说不定我们可以找到一个口子,能够看见里面的情况。"

"我想我们可以去瞧一瞧。"露西有点不自信地说。

当她们穿过米迦勒雏菊和野生紫菀时,有蟋蟀蹿出来奔逃。

"明尼哈哈婆婆说过门廊里住着猫头鹰。"波西娅说。

"啊。"露西不是很清楚自己对猫头鹰有什么样的看法,也不知道它对人有什么样的感觉。

向台阶方向望去,拱形门廊有四根圆石柱子支持。

"我们要走上门廊吗?"露西轻声问道。

"当然要。"波西娅也轻声说,但她其实非常害怕,对猫头鹰也是疑虑重重。

门廊围绕房子朝两个方向延伸。门廊很宽阔,栏杆之间的距离也很宽。屋檐下有很多圆石柱子作支撑,从屋檐上悬挂下来的常春藤形成了一张绿色帘子。虽然她们是踮着脚尖走在门廊地板上,但还是听到了深沉的回音。在杂乱的黄叶和被咬过的橡子上面,她们看到了鸟粪和猫头鹰的羽毛,但是没有看见猫头鹰。

第十四章 卡普利斯别墅

"我猜它们飞去南方了。"波西娅说道,露西如释重负地叹了口气。

她们根本就找不到缺口往房子里面瞄一眼。布莱斯-吉迪翁女士没有给他们留下任何机会。窗户关得密不透风。大门不仅宽大,还被封上了铁条。

波西娅和朱力亚已经踮着脚尖,通过侧台阶走下门廊,然后穿过荆棘走向房子后面。但是后门同样宽阔,而且钉上了铁条。

"真糟糕,"露西不再感到担忧了,"她到底在这个房子里面藏了些什么东西呀?难道是钻石,还是什么东西?"

"我真希望我知道里面有什么。"

当她们走向房子西侧时,那边并没有门廊,露西发出尖叫,"快看!"

波西娅看到三扇凸窗中有一扇上面的木板已经脱落了,因为钉子已经生锈了,它全靠下方的藤蔓支撑着。两个姑娘二话没说就走向缠满藤蔓的窗口,把木板拉扯了下来。它重重地摔了下去,砸在露西的脚上,所以她又是跳又是呻吟了一分钟。当她终于停止哀号时,又有一件事让她发出痛苦的叫声,因为在木板后面还有百叶窗,它们都被用铁丝封住了。

"我想我们要是用石头之类的东西砸的话,"波西娅说,"就能打开,因为铁丝已经生锈了。"

"不过你真的觉得我们应该砸开它吗?"

"为什么不呢,这所房子不属于任何人。而且我们事后也可以在用铁丝把百叶窗封住。露西,我真是太想看到里面到底有什么东西啊。"

"我也想啊。"露西抛开了一切顾虑。

她们在锁起来的马车房旁边找到了一块可以派上用场的石头和一块旧金属。然后她们开始着手撬开铁丝,结果一下子就撬开了,因为铁丝生锈很厉害。两个姑娘抓住百叶窗,用力拉扯,最后百叶窗裂开了一个缺口。然后她们急切地把头探进去,想要看个究竟。

但她们什么也没有看到。布莱斯-吉迪翁女士在搬走前,曾吩咐人在每扇窗上都拉上了窗帘。

"天哪!"露西说。

"她想得太周全了!"波西娅说,"天哪,这个女人也太可疑了。"

她们又累又气,就一屁股坐在杂草堆里。波西娅摘下一根草茎放在嘴里咀嚼,露西在清点她手臂上的擦伤。周围一片寂静,她们突然间感到这里实在是太安静了。乌鸦已经消失不见,天空中飞过的一架飞机也早已不见踪影。当一片树叶掉落在杂草上时,她们都跳了起来。

第十四章 卡普利斯别墅

在昏暗的光线下，露西的脸看上去有点绿，还有点严肃。"我觉得——"她轻声说道，但就在此时从那幢紧闭的房子里，那幢超过半个世纪都没有人进去过的房子，传出一阵可怕的声音，她们惊呆了。她们听得很清楚，是钢琴声，但是没有半点旋律。这是一种非常刺耳的声响，就好像是一个人生气时挥舞拳头砸向琴键时发出的声音。

"救命啊。"露西倒吸了口气大喊。

"快跑！"波西娅恳求道，但是她们已经在急速跑路。她们在杂草丛中跳跃，心脏怦怦乱跳。露西的脚被忍冬藤蔓绊了一下，然后摔了个狗啃屎，但是她刚摔下去一会儿，她就爬了起来向前奔跑。她们一直跑到门柱那里时才放慢脚步。

"这幢房子闹鬼，"露西气喘吁吁地说，跟在波西娅后面慢跑，"那是一个鬼魂发出的声音！"

"世界上根本就没有鬼，"波西娅说，"我不认为真的有鬼，那可能是一个强盗。"

"但他是怎么进去的呢？那一定是鬼！"

"我们现在就去把这件事告诉给品达爷爷。"

"同意。但是我要先缓一缓，让我缓几口气再出发吧。"

"好的，但是动作快点。"波西娅也喘着粗气，紧张地回头望。

非常幸运的是,她们刚从消失的湖的树林里跑出来,就见到了佩顿爷爷驾着老爷车开过。她们发狂似的大喊,但是爷爷的车噪声太大了,完全掩盖了她们的叫声。

"怎么了?"朱力亚的声音从佩顿爷爷的厨房里传来。

"啊,谢天谢地,你回来了。"波西娅冲进去大喊道。

朱力亚正坐在餐桌边上,全神贯注地盯着一个罐子,里面有一条六英寸长的毛虫。他的神情非常温柔,就像母亲在看着自己熟睡的小宝贝那样。

"波什,你看,这是一只帝王蛾,它——"

"等会再说,小朱。听好了,有人闯进了卡普利斯别墅。"

"也有可能是某样东西,"露西不吉利地说,"比如鬼魂。"

"你们俩在说什么呀?"朱力亚一直看着罐子里有尖刺的小虫子,都没有转过头来看她们一眼。

当她们把事情从头到尾说了一遍后,朱力亚才转过头来看着她们,而且露出了喜悦的表情。

"走!我们快点出发!"

"去哪里啊?"

"当然是去卡普利斯别墅啊!"

第十四章 卡普利斯别墅

"啊,小朱,我们还是等品达爷爷来了再说,或是叫上警察一块去。"

"等什么呀,浪费时间。"朱力亚口气像一个大人,"汤姆也在这里,我们带上他一起去。"

"我和露西还是待在明尼哈哈婆婆这里等你回来吧。"波西娅说。

"我们还要你带路呢。"

"哎呀。"露西说。然后她认真地看了看毛虫,便尖叫起来。

"露西,你只有一个方面是傻傻的,那就是看到毛虫时的反应,"朱力亚说,"快点,我们叫上帕克斯一起出发吧。"

"我们是不是应该先跟婆婆讲一下这件事呢?"

"我觉得我们没必要去打扰她。"朱力亚想得很体贴周到。但他其实是害怕婆婆如果知道他们要去卡普利斯别墅的话,就会制止他们。"现在让我们来瞧一瞧,我有一把小刀,我觉得还需要向佩顿爷爷借一个手电筒,那幢房子有入口吗?"

"可以爬窗口进去。"波西娅紧张地说。

"好的,我给汤姆去借一把短柄小斧,我真希望我有一把枪。"

"啊呀,"露西又感叹道。

汤姆·帕克斯听到有人在叫他,便从德莱尼家前门台阶下面爬出来,他脖子上缠绕着一条牛蛇。

露西又一次充满歉意地尖叫起来,"这些动物太吓人了。吓人的噪声,吓人毛虫,还有这条吓人的蛇,我希望我不会心脏病突发!"

"你可能会有心脏病,大概五十年以后吧,"朱力亚冷酷无情地说,"快点,帕克斯,把你身上的蛇放下来,我们有事情要做。"

"什么,还有事情要做?"

但当他知道事情缘由后,也露出了喜悦的神色。

当他们走到门柱那里后,波西娅和露西都拒绝再向前走。

"你们沿着脚印往前走就到了,"波西娅说,"那扇窗就在没有门廊的那边。"

"你们只要大喊一声,我们在这里也可以听得见。"露西说。

"如果有什么事情的话,我们就会跑过来帮忙。"

"我们也可以出去寻找援助。"

"你们两个真是胆小鬼,真没义气,亏我认识你们这么久。"朱力亚欢快地说。然后他就和汤姆很有男子汉气概地

第十四章 卡普利斯别墅

慢慢向前进发。

"哎呀。"露西叹气道。

"天哪,这地方一点也不吸引人啊。"几分钟后,汤姆盯着被叶片爬满的大房子说道,"兄弟,这房子看上去一点也不舒适呀。"

"难道你也害怕了吗?"朱力亚问道,而他心里其实也有些害怕。周围一片寂静。但是汤姆像朱力亚保证自己一点也没有退缩。

"我可以理解,女生来到这里是会感到害怕的。"他用手指抚摸腰间的短柄小斧说道。

他们踮起脚尖,小心谨慎地穿过杂草丛,走向房子的西侧,很快就发现了没有被木板封住的窗户。他们屏住呼吸,站在那里静静聆听了几分钟,但是什么声音也没有听见。

"里面有人吗?"朱力亚最后终于喊道。

没有任何回复,当然了,一点声音也没有。

"好吧,那我们就直接闯进来了!"他强装很勇敢的样子大喊道。

"这扇窗被反锁了。"汤姆说。

"那么只能像电视里放的那样,打碎一扇窗,然后把手伸进去开锁。"朱力亚说。然后他就捡起了那块被露西丢下的石头,朝窗户砸去。窗一下子就被砸了个洞,他把手伸进去把窗钩扭开。

"就是现在。"他说。

他们一起用力把窗打开,费了好大劲。汤姆把手伸进去,想拉起窗帘,这时窗帘快速挣脱他的手,向上卷进滚筒里,最后传来一阵可怕的撞击声。

"她们会以为我们遭遇了枪击呢,"朱力亚很有预见性地说道,果不其然另一边传来波西娅恐慌的声音,"小朱,发生什么事了?"

"只是窗帘发出的声音而已,"他大声地安慰道,"汤姆,快点,我们进去看看。你想走在前面吗?"

"你走在前面吧,阿尔方斯。"汤姆一边鞠躬一边说。

房子里的空气很阴湿冰冷。朱力亚和汤姆依次爬上窗台,然后小心地把一条腿伸进去,正好踩到了沙发上的簇绒垫上面。大量灰尘立刻飞扬起来。

"灰尘是怎么进来的呢?"汤姆疑惑地说。

"总会有灰尘的,任何地方都会出现灰尘。"

阳光透过常春藤,照射进窗户,他们看到自己在一个小房间里面,可能是一个书房。房间里有一张桌子,一张玻璃门储藏柜,里面陈放着一些书,墙壁上挂了好几幅关于威尼斯,还有大教堂的水彩画。

第十四章 卡普利斯别墅

这个小房间的门是开着的,走过这扇门后朱力亚就打开了手电筒,因为他们刚走进去的那个大厅十分昏暗。

在他们右手边就是正大门,由于被大门外的木板给封住了,里面的横档就无法打开。在他们左手边有一个很宽的螺旋楼梯。楼梯上的橡木栏杆十分坚固,在楼梯端柱上面有一座四英尺高的青铜妇女塑像,她身上挂了一件像湿床单一样的衣服和几根葡萄枝。她脸部有酒窝,露齿而笑,一只脚踮着脚尖,另一只脚调皮地踢在空中。她在头顶上空高举着一把火炬,火炬上套着流苏灯罩。

"她看上去很像布鲁保险公司的出纳员麦克库迪小姐,"汤姆笑着说,"但我可以保证我从未看见她做过这样的动作。"

他和朱力亚兴致勃勃,对眼前的一切都满怀好奇心,他们早就把害怕抛在脑后。

"女生总是喜欢胡思乱想。"汤姆说。

"呃,我猜她们就是想象力比较丰富吧。"朱力亚友善地说。

大厅里其他地方都摆放着深色的家具。大门旁边有一个气泡的绿色伞架,上面挂着几把年代很久远的伞。在伞架旁边有一个衣架,上面刻有龙头龙爪和菠萝,或是样子有点像菠萝的那类东西。朱力亚看得很入神,所以没有发觉脚下的那只铸铁哈巴狗,导致他绊了一跤。他站起来后身上都是灰尘,铸铁小狗身上有一层又厚又软的灰尘。

在大厅另一侧的昏暗处,有一个拱形门道,他和汤姆勇敢地走了进去。朱力亚用手电筒四处探照,他们发现走进了一间堆满了神秘物品的大房间。从漆黑的油画画框上,从弯曲的小椅子腿上,反射出镀金的微光。在地板上有一个被布盖起来的大物件,看起来就像一颗不匀称的心脏。"可能是竖琴吧。"朱力亚说。天花板上也挂着一个用布裹起来的大物件,看起来就像一个巨型黄蜂巢。当他们踏在灰尘厚厚一层的地板上走路时,头顶那个"黄蜂巢"就会发出叮当声。

"那叫什么来着,哦对了,那是吊灯。"汤姆高兴地说。

那边有一个壁炉,壁炉架上向下垂着一个荷叶边。壁炉架上放满了陶瓷塑像,还有一个挂着三棱镜的枝状大烛台,此外还有一只钟,上面的读数在半个多世纪里都是三点半。壁炉架上还摆放着玻璃斗牛犬,它的眼睛是莱茵石做的。还有一张西奥多·罗斯福的照片放在上面,相框都褪色了。

"我猜他是一个很会思考问题的人。"汤姆说。

"快看那架红金双色的钢琴。"朱力亚说完后把手电筒照向别处。就在他说这些话的时候，他突然意识到，原来让那两个姑娘受到惊吓的，就是这架钢琴发出的声音。也正是在那一刻，他手中的手电筒突然不亮了。

屋内漆黑一片。

"嘿，怎么了？"汤姆焦虑地说道。

"可能电池没电了。也有可能是我刚才摔了一跤，把它摔坏了。"

"这也有可能是——"汤姆轻声说道，"但是我不相信有鬼存在，你呢？"

"我不相信有什么鬼。"他希望自己的语气听起来比较坚定。

他们摸黑走向大门，他们走路时这个漆黑的大厅里就会响起叮当声，但是突然有什么动静。那是什么？地板上有一阵刺耳的刮擦声，很像爪子快速擦过的声响，有什么东西在朱力亚脚下欢快地蹦蹦跳跳。朱力亚大叫一声，快速跑向竖琴，但是摔了一跤，房间里响起一阵铿锵有力的金属碰撞声。更糟糕的是，他起来后搞错了方向，他以为自己在走向一面墙，结果一头撞到了许多根冰冷的丝线上，然后发出了一阵响亮的声音，就像雨滴落在铁皮屋顶上那样。

"汤姆！"朱力亚咆哮。

"这里，往这边来，门在这里。"汤姆声音颤抖地喊道,"你没事吧?"

"我不知道。有什么东西撞在我脚上,但我不知道那是什么东西。我们快点离开这里吧。"

"我以后再也不会说不相信有鬼了,"汤姆说,"我现在真的相信有鬼,真的。"他对着大厅作出这个承诺,期望这能安抚房间里的鬼魂。

跑到书房后,他们又重新见到了阳光,恐惧也随之消散。因为他们此时恰好看见一只松鼠修长的身影从前面一跃而过,它先是跳到沙发上,接着跳到窗子被打开的窗台上,然后蹲坐了一会儿。它看了他们一眼,然后望向窗外,接着摇摆强有力的尾巴,仿佛是在作出一番评论那样,最后纵身一跃跳出窗外。

"它就是那个鬼魂啊!"朱力亚哭笑不得。他感到自己幼稚得只有实际年龄的一半,而这比福斯特还年轻些。

"天哪!等一等,让我缓一缓,我还真的以为——"汤姆羞怯地说,"不过,它是怎么跑进房子里面的呢?"

"可能是掉进烟囱下去的吧,然后就一直待在里面。"

"小朱?"外面传来波西娅的声音,"你在哪里?"

他跳向窗台。"我们没事,波什。那个鬼魂原来只是一只松鼠。那幢房子其实非常不错,里面有一架红色钢琴,有吊灯,有很多很多东西。"

第十四章 卡普利斯别墅

"但是里面恐怖吗?"

"不!又有谁会害怕一只小松鼠呢?我们明天再过来吧,叫上大家一起来。"

"还有带上很多手电筒。"汤姆嘀咕道。

他们回到消失的湖边留了一会儿,把刚才的探险经历告诉给品达爷爷和契弗婆婆听。他们和露西、汤姆在红袜子标记处道别,然后迈着疲惫的双腿回家。

"我感觉像是参加了一场战争。"朱力亚说。

"同感。"波西娅说。

"还有,波什,你知道吗,我不会把这件事告诉给其他人,但是如果你敢说出去的话——"

"哦不,我不敢说出去。"

"其实我非常害怕。我怕得要死,恐怕你也听见了我的叫喊声吧。"

"嗯,其实我觉得你挺勇敢的,"波西娅说,"要是换成我在那漆黑一片的房间里,和松鼠、和所有那些东西共处一室,我恐怕会死掉的,肯定是无法活着出来。"

第十五章　再次拜访卡普利斯别墅

第二天星期六，一行人有说有笑，沿着模糊不清的小径走向卡普利斯别墅。波西娅和朱力亚走在最前面，后面依次跟着露西、汤姆和乔，再后面是契弗婆婆和她的哥哥。品达爷爷高高兴兴地摇晃手中的拐杖。再后头跟着其他成年人，布莱克的爸爸妈妈，希达姑姑和杰克叔叔。福斯特和戴维走在最后头曲线前进，比平时走路还要扭扭曲曲，因为福斯特用绳子拉着小狗格列佛。他和波西娅共同选择了领养格列佛。

"我真不敢相信我又要去卡普利斯别墅了，"契弗婆婆说。"阿品，想想看，我们已经整整半个世纪，五十多年没

第十五章 再次拜访卡普利斯别墅

有去那里了啊!"

在清晨温暖的阳光下,在成年人的陪伴下,那些树木看起来不再像原先那样阴森可怖。当他们远远看到卡普利斯别墅时,只是觉得它沧桑偏僻,而非可悲。

"我太喜欢这边的女贞灌木了,长得太好了,"波西娅的妈妈说道,她爸爸走到一棵苹果树下说,"赤褐色的!这是世界上最好吃的一种苹果。天哪,我还是小时候吃过这种苹果。"

人类并不是唯一会打破这里平静的生物,一群椋鸟飞到女贞灌木枝头,欢快地鸣叫,发出嘶嘶声。红嘴蓝鹊在橡树上发出响亮而粗厉的叫声。此外,还有一个声音此起彼伏,夹杂在其他响声之间,无所不在,那就是蟋蟀的叫声,但是大家此时只听到了自己的呼吸声。

"有趣的是,我们从来都不知道蟋蟀是什么时候开始鸣叫的,"朱力亚说,"而是突然之间才发觉它们的鸣叫。"

"快看,菊花!"波西娅的妈妈大喊道,连带枝叶摘下一朵深红色的菊花。"它们需要修剪一下,不过这个颜色实在是漂亮。"

"福斯,我看见那边后面有一间破碎的温室,"戴维说,"快,我们过去看看。"

在斑驳的阳光下,狗狗格列佛拉着福斯特前行,就好像用力拉扯一根钓到了大鱼的鱼竿线那样。

"我从未见过长成这样的常春藤，"波西娅的妈妈说，"你觉得它已经长多少年了。"

"肯定很老。"契弗婆婆对她说，"在我还是一个小孩的时候，布莱斯-吉迪翁女士种下了这株常春藤。她很生气，因为它生长速度太慢了，没有达到期望。她总是觉得自然生长的速度太慢了，所以它现在长这么大一定是经历了漫长的岁月。"

波西娅心想契弗婆婆怎么样都无法从那个窗口爬过去，因为她穿了一件黑色丝裙，而且裙子的裙裾有点小，她还披了一条有流苏的披肩，上面早就黏上了几颗刺果。

"希达，那不就是猴谜树吗？"波西娅的妈妈指着那棵树对她说，"我敢肯定，那就是一棵猴谜树。"

这是一棵又高又奇怪的树，忍冬藤蔓攀爬在树枝上，许多枝条刺向空中，就像洗瓶刷上的毛。

"今天过得就像一个梦，"希达姑姑说，"光线朦胧，还有那棵奇怪的树，以及这里的一切——"

"那这是一个美梦，还是噩梦？"波西娅急切地问。她对卡普利斯别墅持有的看法，就和福斯特对科林尼克劳岛抱有的看法一样，觉得自己对它负有责任，所以她希望大家都喜欢这里。

第十五章 再次拜访卡普利斯别墅

"啊,是一个愉快的梦,"她姑姑说,"这里一切都很宁静,胜过现实。"

波西娅心想,这里的一切都非常真实。

"这一点不梦幻。"杰克叔叔踏上门廊后就这样有感而发地抱怨道。"啊呀。"他爬起来,弯下腰,取出袜子里的尖细条。幸运的是他摔下来的高度比较低,门廊离地只有两英尺作用。

发生这个意外后大家走路都特别小心,但是他们脚下的地板依旧会发出轰隆隆的声音,还会颤动。

"不安全,"佩顿爷爷用手杖敲击地板,"毕竟这么多年过去了,地板不太结实。不过我敢打赌,屋顶还是完好的,因为它是用石板做的。"

他们从房子后面走到凸窗那边,契弗婆婆感到有一丝疑虑。

"啊,我头脑有些混乱了。阿品,你觉得我们应该走进来吗?"

"明尼,我们既不是故意破坏公物者也不是盗贼。我们只不过是过来看看,然后再把它锁上。"

"那好吧,我只是有些紧张。"

波西娅的爸爸和杰克叔叔一起把契弗婆婆抬到窗台上,她把裙子和流苏收拢起来,然后敏捷地爬了进去。他们听到婆婆打了一个喷嚏。

"谢天谢地,只是灰尘!"

他们依次爬上窗台,爬进去等在书房里,直到所有人都进来了。

"福斯特?戴维?"希达姑姑呼喊,但是他俩在远处并没有听到。

波西娅的爸爸透过玻璃橱门,大声朗读橱柜里的书籍标题。

"《提比略的恩慈》,瓦实提著。《加入美国军队委员会的三种方法》,安吉拉著。《一个关于牺牲的传说》《马车油画画法入门》,和范芙瑟太太写的《吉普赛女巫——算命师》。"

"看起来布莱斯-吉迪翁女士的兴趣比较广泛。"杰克叔叔说。

等到人全部到齐后,他们开始走向大厅,由于有许多手电筒一起照射,所以光线比较明亮。

"天哪!"波西娅的爸爸看到楼梯端柱上的青铜妇女像后惊叹道。

"这是麦克库迪小姐,"汤姆说,"嗨,麦克库迪小姐。"

"维生素太多了。"杰克叔叔评论道。

第十五章 再次拜访卡普利斯别墅

"小心那只铁狗,不要被它绊一跤,"朱力亚警告道,"就是在前面的大房间里,我的手电筒突然不亮了,还有一只松鼠,以及其他杂七杂八的东西。"

"塔里戈湖的每户人家都有客厅,但都比较小,"佩顿爷爷说,"唯独布莱斯-吉迪翁女士家的客厅非常大。"

大伙用手电筒探照这间偌大的客厅。飞扬起来的灰尘使众人感到痒痒的。

"真是难以置信!"波西娅的妈妈大喊道。

"竟然是一个土耳其风的舒适角落!"希达姑姑说,"没想到还有珠帘!"

"我昨天一头撞上的东西肯定是这个珠帘,"朱力亚依稀记得当时害怕得发抖,"它们摸上去就像骨头和指关节,太吓人了!"

他走过去查看了一番窗帘,它其实是用很多粗线将短小的竹筒和玻璃珠子串连起来做成的。有几根粗线由于年久而断了,掉落在地板上积成一堆。朱力亚一用手抚摸悬垂的粗线,便响起微弱的响声,听起来就像是冰雹或者雨滴打在硬实的叶片上。

"这个声音比较刺耳。"他说完后又抚摸了一下珠帘。

乔说这让他想起玩飞行棋时掷骰子的声音。

波西娅和露西在抚摸壁炉架上的装饰品,大人们在检查看见的每样东西。

"真是难以置信!"波西娅的妈妈又惊叹道,她盯着红金两色并有弧度的钢琴。两个雕刻在钢琴上的美人鱼图像高举着键盘的两个角。

波西娅的爸爸把手放在琴键上,弹奏了一个和音,随后响起一个狂野刺耳的声音。

"松鼠的叫声就是这个样子的,"波西娅说,"和弹出来的钢琴声一模一样。"

"噢,这听起来一点也不吓人啊!"露西说,她和朱力亚一样都想起了此前吓得发抖的样子。

波西娅的爸爸又弹了一个和音。

"我不知道这架钢琴还能不能修好。五十多年来,它就一直被冷落在这里,只有蛾子和老鼠靠近过它。以前它真是太漂亮了。"

杰克叔叔在看一幅大型油画,看完后又去看另一幅,无所顾忌地用手帕擦拭油画上的灰尘。他看到画中有一个戴假发的绅士,还看到一幅金字塔和绵羊的画,现在他又看到一幅女士肖像画。

"这是谁呀?这一定是一个女人,因为她穿了裙子,手里拿着扇子,但是她的脸看上去像是海军上校。"

契弗婆婆双手捂脸,像一个小女孩那样傻笑起来。

第十五章 再次拜访卡普利斯别墅

"喔,那是布莱斯-吉迪翁女士,真的是她。画得太像了!"

"她看起来就像是被硬塞进衣服里面的那样。"露西意味深长地说。

"这张就是她的专座,"契弗婆婆说,"她以前经常直挺挺地坐在这张椅子上面,然后一只带珠子的小拖鞋压在另一只带珠子的小拖鞋上面。啊,我还记得清清楚楚!"

这张高背椅子由橡木雕刻而成,扶手珠是两个粗壮的女士雕像。

"在那个年代,女性被认为是弱小的,"杰克叔叔说,"但她们的形象却常被当作支架。比如煤气灯、钢琴上都有女性塑像作支架,甚至连布莱斯-吉迪翁女士也不例外。"

"壁炉架上也有。"契弗婆婆举起壁炉荷叶边的一角说道。在那上面确实雕刻了一个大理石女性塑像。

"男孩们,我们看看能不能把前门打开,"佩顿爷爷说,"只要有一处钉子生锈了,那么其他地方的钉子也一定生锈了,我们就能开门给这座房子透透气。"

男孩们和两个大人跟着佩顿爷爷去开门,剩余其他人继续在房间里摸索。这个房子里有一个餐厅,里面都是大型家具,还有一个很大的厨房,总之还有很多东西有待去摸索。

"这些炊具摆放得可真整齐啊!"波西娅的妈妈轻声说。因为房间里都是灰尘,所以大家只敢轻声说话。

"感觉越来越像一个梦。"希达姑姑也悄声说道。而波西娅和露西感到氛围有些诡异。

但很快从门廊方向传来一阵来自现实的声音,榔头敲击发出的击打声。

"我觉得门还会抵抗一阵。"契弗婆婆领头走上二楼。众人跟在婆婆身后,小心翼翼地搭着积满灰尘的楼梯扶手上楼。走上二楼后,露西大声尖叫起来,因为面前有一套看起来非常警觉的盔甲装备,头盔什么的一应俱全。

"里面是空的,露西。"波西娅安慰道,然后敲了敲盔甲,随后便听到叮当作响的声音。

"这幢房子真是充满惊喜呀!"波西娅叹息道。

"是的。这个夏天也是充满了惊喜,而且大多数都很不错,我很喜欢。"

"我也深有同感。经历了这一切后,回到奥尔巴尼只会感到平淡无奇。"

波西娅和露西在楼上看了每个房间,里面有黄铜床垫、瓷洗脸盆、镶边钢雕版画什么的,她们最钟爱其中的一个房间。它是一个环形的屋子,坐落在阁楼上面,有一扇拱顶窗户,窗下面还有一个弧形的座位。壁纸上是勿忘草图

第十五章 再次拜访卡普利斯别墅

案,房间里有一张很精致的小桌子,还带有一把锁和钥匙。她们知道如果卷帘没有拉下来的话,就能一眼看到门柱那边绿意盎然的草地和苹果树和远处的树林。

"妈妈,爸爸,大家都去哪里了?"楼下传来福斯特的声音。

"噢,可爱的小宝贝。我们把他们给忘了。"他的妈妈说。

"福斯,我来了,"波西娅说,"等我过来就带你去看看。"

当福斯特看到麦克库迪女士的时候,他说,"这是谁呀?难道是一座室内自由女神像吗?"

当他看到那副盔甲时他又说,"天哪,机器人啊!"

过了一会儿,当大家从楼上下来时,他们又见到了另一个惊喜。事情和契弗婆婆预料的一样,男人和男孩们都没有把大门打开,不过他们设法撬开了大客厅里的一扇窗户。

阳光照射进来,他们看到黄蜂巢似的吊灯上面挂满了蜘蛛丝,还看到了窗边碎得不像样的深红色窗帘,以及随处可见的灰尘。不过他们同时也看到了里面协调的比例,这是一间漂亮的屋子,或者说可以变成一间漂亮的屋子。

"我觉得呢,要是把难看的门廊给拆掉——"希达姑姑说。

"我知道你在说什么,我也在想。"波西娅的妈妈隐秘地说。

"然后把爬在窗上的藤蔓都清理掉——"

"再把墙壁粉刷成白色——"

"再装上颜色欢快些的漂亮窗帘——"

"是可以这样改造一下，如果这幢房子没有产权人的话。"

"确实有人拥有这幢房子的产权，"佩顿爷爷出乎意料地说道，"州政府即使不知道有这幢房子存在，也还是拥有它的产权。这叫财产转归国家所有。"

"什么？"契弗婆婆说。

"财产转归国家所有就是说，如果一幢房子没有继承人，也没有人申领它，那么五十年后就自动归州政府所有。"

"哦，这样说的话，那我们现在就是非法入侵这幢房子咯？"

"是有一点这种意思，"她哥哥承认道，"不过我们没有造成什么危害，等我们走的时候重新封锁这幢房子就没事了。"

波西娅的爸爸正严肃地看着西奥多·罗斯福的照片。他看了很久然后说道，"我在想可以向什么部门申领这片土地。"

就在那一刻波西娅感到了一丝突如其来的希望。

第十五章 再次拜访卡普利斯别墅

"爸爸,你是说我们可以买下这幢房子吗?"

"你想要买下它吗?"

波西娅挂念着阁楼上的小圆屋,和其他没有进去看过的房间,以及外边的树林、范芙瑟太太写的《吉普赛女巫——算命师》,然后握住自己的双手,充满期待地看着她的爸爸。

"爸爸!"她祈祷着。

"你觉得怎么样,福斯特?"

福斯特心想温室可以当作轨道空间站玩,还想到了那副盔甲、那棵猴谜树,甚至还想到了有可能从楼梯扶手上滑下去,然后他就轻快地跳了几下。

"啊呀!格列佛也一定会喜欢的。"

"随便问一下,格列佛去哪里了?"

"不用担心,它被拴在一棵树上。"

"这里距离消失的湖比较远,远离蚊子的侵扰。"佩顿爷爷说。

"虽然离得比较远,但您不会介意抛下隐士生活过来拜访我们的,对吗,明尼哈哈婆婆?"波西娅恳求道。

"这正好处在我的活动范围边界之内,真是谢天谢地。"婆婆笑着说。

"太好啦!"波西娅说。

他们依次排队从窗口爬出来,所有人弄得一身都是灰,包括成年人。他们说好了午饭后再来看看其他房间,最后再把这幢房子重新封锁起来。太阳高高挂在空中,薄雾已经消散。

"现在看起来这不像是一个梦了,你说是不是呢,希达姑姑?"

"不像,"希达姑姑回过头来说,"现在我看到了一副新的画面,草坪也修剪了,门廊也拆掉了,窗子上藤蔓也都清理掉了,这会是一幢很漂亮和舒适的房子。"

"波什,如果你们买下它就好了,"朱力亚说,"我敢说这块土地是隆起来的。"

"或许我可以买一匹马。"福斯特说。

他的爸爸一只手搭在他肩上,另一只手搭在波西娅肩上。

"孩子们,不瞒你们说,我们如果真想买下那幢房子的话,也还需要考虑很多很多其他各方面的事情。"

"是的,还有很多其他事情要考虑进去。"他们的妈妈说道,"所以孩子们,你们还是不要把期望放得太高。"

不过她看起来还是充满了希望,既开心又兴奋。没过几分钟,他们就听到她对希达姑姑说,"我觉得黄色窗帘更适合那幢房子。"

第十五章 再次拜访卡普利斯别墅

"如果政府部门同意的话,"爸爸继续说道,"如果价格不是很高的话,如果不需要做太多修补工作的话,如果这不会花去一大笔钱的话,如果——"

但不知为何——没有人知道为何——波西娅和福斯特很确信这些顾虑都可以被克服,卡普利斯别墅最终会成为布莱克家的房子,他们每个夏天都会在这里度过。

对于这个憧憬,福斯特感到异常兴奋,他开心得都跳了起来。

"我们走吧,格列佛,老男孩们,快点,戴维!"

他们一边跳跃一边大喊,就像塔斯卡罗拉印第安人那样狂野。

波西娅表现情绪的方式有些不同,她感到一种很平静的幸福感油然而生。

契弗婆婆轻盈地走在她身后说道,"波西娅,我有一种预感。我深深地预感到,你的愿望会实现的。"

"明尼哈哈婆婆,您真的这么认为吗?真的从心底有这样的预感吗?"

"没错,"契弗婆婆说,"我真心感到你的愿望会实现。"